黑嗅

曾明了◎著

SPM 南方传媒 | 广东经济出版社
·广州·

图书在版编目（CIP）数据

黑嘎 / 曾明了著. —广州：广东经济出版社，2022.4
ISBN 978-7-5454-7201-1

Ⅰ. ①黑… Ⅱ. ①曾… Ⅲ. ①长篇小说－中国－当代
Ⅳ. ①I247.5

中国版本图书馆CIP数据核字（2020）第061294号

责任编辑：周伊凌　王　瑾
责任技编：陆俊帆
责任校对：罗玉琪
插　　画：晓小小

黑嘎
HEI GA
曾明了　著

出版人	李　鹏
出　版 发　行	广东经济出版社（广州市环市东路水荫路11号11～12楼）
经　销	全国新华书店
印　刷	北京一鑫印务有限责任公司（北京市顺义区北务镇政府西200米）
开　本	880毫米×1230毫米　1/32
印　张	4
字　数	65千字
版　次	2022年4月第1版
印　次	2022年4月第1次
书　号	ISBN 978-7-5454-7201-1
定　价	39.00元

图书营销中心地址：广州市环市东路水荫路11号11楼
电话：（020）87393830　邮政编码：510075
如发现印装质量问题，影响阅读，请与本社联系调换
广东经济出版社常年法律顾问：胡志海律师

作者简介

曾明了，中国作家协会会员，一级作家。曾于北京鲁迅学院文学硕士研究生班学习，师从汪曾祺。现于东莞文学艺术院工作。

著有长篇小说《千年之缘》《错位》《一个月亮和一杆老枪》《男人的情史》《子弹与花》《狼村》《百年莞香》《时光谜境》；长篇思想随笔集《身体的真相》；长篇报告文学《西部牛仔》；散文随笔集《继续推石头上山吧亲爱的人》；中篇小说集《风暴眼》《生死界》《往事歌谣》《宽容生活》《猫事》（日文）；电影、电视剧本《秀女》《浴血驼城》；电视剧《寻找英雄的日子》。部分作品被译为日文、英文、西班牙文出版。

《生死界》获《小说月报》第六届百花奖，《黑嘎》获广东省第七届鲁迅文学艺术奖，《沙漠奇遇》获“全国精短小说奖”二等奖、《中国作家》“金秋笔会”中篇小说一等奖，《子弹与花》获第二届东莞荷花文学长篇小说奖、新中国成立60周年东莞文学艺术优秀作品奖，《狼牙尖上的温柔》获2009年度新浪网原创小说最佳女作家作品奖。长篇小说《百年莞香》由中央电视台与寮步镇人民政府拍摄成30集电视剧《莞香》，已经公映，作品被中国作家协会主办的《长篇小说选刊》“小说视点”选载。

目录

一

黑珍珠

那是一个下着大雪的冬天，沙漠被厚厚的冰雪覆盖着，白茫茫的一片，我爷爷骑着马到20公里外的小镇上去买给牲口吃的药，另外还带了不少钱准备买一些过年用的东西，因为快过年了。

我爷爷是草原上的兽医，他的医术很高明，治好了许多患了疑难病的牲口，草原上的牧民都很敬重他，都叫他“菩萨医生”。有时在戈壁滩里爷爷还解救一些被猎人下套困住的狼，这些被铁夹夹住的狼往往伤势都很重，爷爷把铁夹的机关打开，给它们的伤口上药、包扎，然后对它们说：

"快走吧，一会儿捕捉你们的人就会来到，你们就跑不了了。"狼听了爷爷的话，挣扎着爬起来，一步三摇地朝戈壁深处走去。有时候狼会驻足回头久久地望着爷爷，爷爷向它们招招手，示意它们快走，狼才离开。牧民都觉得很奇怪，于是问爷爷："你难道不怕狼咬你吗？"爷爷说："我解救过的每一只狼都没有伤害过我，它们虽说是动物，但是它们懂呢……"

这一天，爷爷在出门的时候，天正下着鹅毛大雪，他从马厩里牵出那匹叫"黑珍珠"的黑马，仔细地梳理着黑珍珠的毛发。

奶奶习惯性地拍拍黑珍珠的长脖子，送爷爷一段路。这是奶奶和爷爷几十年的习惯。她每次都依依不舍地送走她心爱的丈夫和她疼爱的马，远远地目送着他们，直到他们的影子消失。

"黑珍珠"这个名字是奶奶给黑马取的，因为这匹黑马的身世和来历一直是一个谜。奶奶觉得只有这个名字才配得上这匹英俊的黑马。

黑珍珠来到我们家的故事，实在是非常离奇。

那是一天清晨，天刚蒙蒙亮，爷爷和奶奶都听到了门外有异样的声音，像是人的沉重叹息。爷爷打开门一看，原来是一匹刚出生不久的黑马，爷爷奶奶都惊呆了。

小黑马看起来十分虚弱，怎么也站立不起来，奶奶心疼地赶紧把小黑马抱在怀里，抚摩着它的身体，心酸地说："可怜的孩子，你从哪里来？你的妈妈，还有你的主人呢？"奶奶说到这里，惊异地望着爷爷，说："它是怎么来到我们这里的？它不可能自己跑来的吧，它脆弱得连站立都困难啊……一定是有人把它送来的！"

这个问题也令爷爷大吃一惊。他朝远处张望，看不到一个人影，爷爷低下头仔细端详小马，若有所思好一阵，喃喃道："难道是……是黑嘎，是黑嘎的后代吗？天啊！"

爷爷蹲下，抱住小黑马瘦长的脖子，心碎地说："让这匹可怜的马活下来吧……"

奶奶哀怜地望着瘦弱的小黑马，祈求上苍保佑小黑马。

小黑马的到来，像一团迷雾笼罩着爷爷奶奶，也许爷爷奶奶对于这匹黑马的突然出现，感到非常惊讶，他们不知道小黑马的母亲是谁，但是他们心照不宣地断定小黑马的父亲一定是那匹叫"黑嘎"的马……可是，这匹小黑马又是谁送来的，为什么要送来这匹小黑马，这使爷爷奶奶陷入迷惑之中。

不一会儿，这匹小黑马果真颤颤巍巍地站立起来，它依偎着奶奶，似乎觉得奶奶就是它的妈妈。

从此之后，这匹小黑马就形影不离地生活在奶奶的身边。在奶奶的精心照料下，小黑马奇迹般地长成了一匹人见人爱的健壮马。

奶奶常常慈祥地端详着小黑马，像看自己的孩子一样欣慰。小黑马的毛发在阳光下闪闪发光，晶晶点点的亮光在每一根鬃毛上跳动，真是好看极了。爷爷和奶奶欣慰地互相对视一眼，因为他们觉得小黑马长得太像黑嘎了。

奶奶就给小黑马取了“黑珍珠”这个名字。

别的普通马是没有名字的，唯独这匹黑马有一个美妙的名字，这的确表达了奶奶满心的慈爱和祝福。

奶奶说：“有妈妈的马不用取名字，有妈妈的爱护就足够了。没有妈妈的马就需要有名字，名字是它的护身符。”

一开始，谁也不知道这匹小黑马的前世今生，当小黑马的神奇传说在沙漠里传开之后，有人就开始跟踪小黑马，向爷爷奶奶打听小黑马的来路。

爷爷奶奶虽然深信这匹来历神秘的黑马的父亲，一定是那匹叫黑嘎的马，但是黑嘎非常离奇和特别的身世又不得不令他们担忧，因为他们心爱的儿子麦力就是因为黑嘎被人杀害的。黑嘎失踪后，爷爷奶奶就再也没有见到它，爷爷奶奶有时想，也许黑嘎追随麦力的灵魂去了吧……

爷爷奶奶怕小黑马遭到像它父亲那样的危险，就刻意将黑珍珠的身世隐瞒起来，即便是面对亲密的乡亲，他们都三缄其口。

……

如果要知道黑珍珠的来历，就必须说到曾经发生在那片神秘的沼泽地的奇怪故事。

那是一个夏天的清晨，荒漠中有一片隐蔽的沼泽，沼泽地的上空氤氲着浓密的白雾，潮湿的沼泽中吐出云雾一般的水汽，使整个沼泽笼罩在迷雾之中。沼泽上空轻轻移动的白雾，朝天空中升腾着，飘飘摇摇宛如一个身着长纱的妖女，在清晨的风中闪动着腰肢，悄然地迂回在荒原的雾露中，欲去还留地浮动游离。

就在这时，一匹黑色的马连同它背上驮着的男人，悄然出现在那片迷雾之中，黑马的身影在沼泽地的周围旋转着，卷起的雾气形成一个强大的漩涡，使那匹黑马和它背上男人的影子时隐时现，犹如在笼罩着迷蒙的大海中前行的船只……

突然，黑马飞跃而起，上肢腾入空中，一耸身体，就将背上的男人抛入迷雾之中。只听见沼泽地里传来一声沉闷的惨叫，接着沼泽张开了巨口，发出一声悠长的叹息，之后，很快恢复了寂静。

这一天的清晨，汉巴看到了沼泽地里发生的这一幕。他亲耳听到了那一声人的惨叫，听到了奔向戈壁深处的马蹄声……

汉巴望着远处飘浮的云雾，顿时目瞪口呆，他不知道沼泽地里发生了什么，那匹黑马驮着的男人是谁？那个男人为什么被那匹黑马抛进了沼泽？

那一天早上，汉巴被一团诡秘的迷雾笼罩着。

当沼泽地的雾气被太阳扫尽时，沼泽地呈现出原有的美好和宁静——绿茵茵的草滩，随处开放着鲜花。那些花朵在晴朗湛蓝的天空下，散发着异香，它们的花瓣浓红欲滴、薄如蝉翼，谁又能想到它们的下面是深不可测的淤泥呢？

那天早上，汉巴站在沼泽地旁，久久没有离去。黑嘎在此之前，一直无忧无虑、朝气蓬勃地生活在它的主人麦力的身边。麦力是草原上出色的畜牧培育专家，黑嘎是他亲手培育的中国第一批伊犁纯种良马中最令他满意的一匹黑色马。麦力在一个朗朗蓝天、春风荡漾的早晨，亲手从黑嘎的母亲——那匹枣红色的健壮而美丽的母马的身旁，抱起这匹黑马驹。麦力双手托起黑嘎，激动得说不出话，只会嗷嗷乱叫。他把这个刚降临在人世的生灵举向太阳，高唱着草原圣歌，用高亢的歌声为黑嘎洗礼。

黑嘎长大了。它有着与它母亲一样健壮而美丽的外形，有着坚实的体魄，有着颀长的脖颈和流水行云般的马尾，它的鬃毛柔软而挺拔，被风吹拂着猎猎作响。它浑身纯正的黑毛，在阳光中像黑色的金子一样闪动着光芒。麦力手捋着胡须，如痴如醉地看着这匹千年难得的好马，感动得眼睛都湿润了。

麦力时而驾驭着黑嘎在辽阔的草原上迈着轻快的步子，唱着深情的草原情歌，时而驾驭着黑嘎奔驰在广袤无际的戈壁荒原、盐碱沙滩、枯竭的湖泊上，以及被时光悄然遗弃的远古时代的城堡中。

黑嘎跟随着它的主人，饮过大漠孤独的风，也沐浴过草原多情的阳光，翻越过终年冰雪的天山山脉，也穿行过沙漠中的原始森林。

这就是当年的黑嘎。

我的来历就更加奇特了，有关我的身世，是后来奶奶告诉我的。

有一年的夏天，麦力爸爸在一条小河边的草丛里捡到了一个刚出生的小婴儿。最先发现小婴儿的是黑嘎，它路过草丛时，就立马停下，鼻子打着喷，把头伸向了开满红色花儿的草丛。麦力爸爸也发现了异样，正想走近草丛，却突然发现不远处有三只体格健壮的大狼正注视着他们。麦力爸爸心里一惊，犹豫片刻，拨开草丛发现里面躺着一个小婴儿，小婴儿的头露在襁褓外面，一双黑黝黝的眸子透过斑驳的枝叶望着麦力爸爸。小婴儿很安静，不哭也不叫。麦力爸爸没有多想就把小婴儿抱了起来。这时麦力爸爸发现刚才那三只狼正朝树林退去。

麦力爸爸感到非常奇怪，觉得这个小婴儿至少也在野外待了半天或一天了，甚至更久，那三只狼完全可以在麦力爸爸到达之前，将小婴儿吃掉。可是它们没有伤害小婴儿，而是远远地窥视，当它们发现麦力爸爸抱起孩子之后，便悄然隐退了……是谁把小婴儿遗弃在这荒山野岭的？麦力爸爸注视着小婴儿的脸，心里想，这个小婴儿是被狼叼来的，还是被扔弃在这荒野中的？狼为什么不伤害孩子？麦力爸爸百思不得其解。

麦力爸爸把这个从野外捡来的小婴儿抱回家，交给了他的父母——我的爷爷奶奶。

夜里，奶奶给我洗澡。她转过头欣喜地告诉爷爷和麦力爸爸，说："是一个女孩呢！你看她多美哦，像朵花似的……"

爷爷听了脸上笑开了花，说："这是菩萨送给我们的礼物吧。"

麦力爸爸就把在小河边的草丛中发现我的经过告诉了爷爷奶奶，说那三只狼竟然守候在旁边，没有去伤害这个小婴儿，真的是奇怪呐。

爷爷奶奶也感到不可思议。爷爷说："只有人才将狼的崽子捕来吃，说是大补身体……而从未见过狼伤害人类的小婴儿的，没有，从来没有听说过。"

奶奶抱起襁褓中的我，在灯光下仔细看我，也让爷爷和麦力爸爸看我，说："是菩萨保佑的孩子，连狼都不去伤害她……"

麦力爸爸给我取了一个好听的名字——玫瑰，因为麦力爸爸捡到我的时候，我正躺在一丛红色的花儿下面。麦力爸爸说：“那大概是玫瑰花，就叫玫瑰吧。”

从此，麦力爸爸和爷爷奶奶视我为掌上明珠，我和他们相依为命地生活在一起。

可是麦力爸爸，在那一年的秋天，一个月黑风高的深夜，突然被人杀害了。

对于麦力爸爸的突然遇害，人们有着种种猜测。一种说法是，黑嘎是一匹良种马，也是麦力爸爸多年从事畜牧和马的培育改良得到的一匹好马。沙漠里很快就传开了有关黑嘎的神奇故事和它高贵血统的说法，但凡沙漠中的骑手在赛马的现场看到过黑嘎的英姿，就没有不嫉妒和垂涎三尺的。有人出高价要购买黑嘎，而且价格高到让人咋舌，可是麦力爸爸连鼻子都不哼哼一下，骑上黑嘎，旋风一般地离开这群眼睛珠子都快掉下来的人。

而另一种说法便是，沙漠中的黑势力，勾结国外的黑势力，想方设法要得到麦力爸爸多年研究培育成功的良种马的科学资料。麦力爸爸为了保护这些用心血换来的成果，曾两次遭受到绑架。那些蒙面的歹徒威胁麦力爸爸交出研究资料，否则就杀死麦力爸爸。麦力爸爸坚定而坦然地告诉他们：“我们研究出来的一切成果，都已经上报国家，我除了有一颗热爱科学研究的心，便一无所有。”

后来歹徒没有办法，两次都将麦力爸爸放了。

可是麦力爸爸哪里知道在他身后有一双双盯着那匹

他钟爱无比的黑马的眼睛，正一步步逼近他和他的黑嘎。

然而这些猜测和传说，都没有使公安部门将杀害麦力爸爸的凶手抓捕归案。

……

麦力爸爸遇害的那天夜里，黑嘎在马厩里，听到了主人的惨叫。它先是发出一声惊天动地的长啸，然后从马厩里冲了出来。它看到了已经倒在血泊中的麦力爸爸。这时周围有几个黑影正朝它围过来，接着一个飞旋着的套马绳，重重地套上了黑嘎的脖子。黑嘎狂愤地挣扎着，试图甩掉脖子上的套马绳，但是越挣扎越紧，黑嘎挣扎着朝前狂奔，将那个拽住缰绳的歹徒拉出去几十米，在奔跑中有一名歹徒被一块凸起的石头绊倒，瞬间毙命。挣脱缰绳的黑嘎围着麦力爸爸倒下的地方转了几圈，它凄凉悲惨的叫声划破夜空，周围有许多牧民被惊醒，纷纷跑出屋，惊恐地望着马嘶鸣的方向，不知道发生了什么。剩下的歹徒早已经被黑嘎吓破了胆，纷纷朝黑暗中逃去。

当爷爷和其他人赶来时，看到了倒在血泊中的麦力爸爸，却没有见到黑嘎，人们都以为歹徒已经将黑嘎掳走了。爷爷紧紧抱住麦力爸爸，悲痛地喊道："天啊……是谁？是谁啊？！"爷爷突然停顿，愣怔片刻，附在麦力爸爸的耳边轻声说道："黑嘎知道谁是凶手，它知道是谁杀害了你……它会为你报仇！"爷爷仰望苍天，久久沉默。

当天夜里黑嘎失踪了。人们四处寻找黑嘎，几乎没人知晓黑嘎的去向。

当我醒来时，我发现自己躺在奶奶的怀里，奶奶抽泣着，泪水流下来湿透了我的衣服。我看见爷爷冷峻的目光一动不动地望着远方，我被这突如其来的情况吓坏了，抱住奶奶，说道："奶奶我怕……"

爷爷奶奶没有告诉我麦力爸爸牺牲的事情，他们一直对我保密，即便是我念叨麦力爸爸的时候，他们也只是转过身，不理睬我。

从此，我也沉默了。我从爷爷奶奶的神情中预感到了什么，就不再提及麦力爸爸了。可是我总是在夜里的噩梦中，哭喊着要麦力爸爸，甚至开门冲出屋，对着黑夜喊着麦力爸爸。爷爷把我抱回家，告诉我麦力爸爸去了很遥远的地方……

我问爷爷："那黑嘎呢？"

爷爷抚摸着我的头，说："黑嘎也许跟随你麦力爸爸去了……"

从此，我便在朦朦胧胧中感受着我的麦力爸爸和黑嘎远去的影子，时而清晰，时而遥远。那时，我对黑嘎的记忆只是一个模糊的虚影。

……

后来发生的事情，就更加离奇了。

就在人们准备放弃寻找黑嘎的时候，黑嘎突然出现了。它像一阵黑色的旋风从戈壁深处狂奔而来，被三匹马追赶着。三匹马背上坐着持枪的家伙，他们端着枪对准黑嘎扫射，由于枪法太臭，子弹打在沙漠里，像爆豆似的炸响。

当黑嘎发现汉巴的时候，汉巴正骑着一匹褐色的老马，在戈壁滩上缓缓地行走着。黑嘎冲汉巴迎面而来，到了汉巴跟前，黑嘎猛然减速，闪电一般的目光朝汉巴看了一眼。

据汉巴回忆，当时他被黑嘎的那种目光震撼了，只觉浑身一颤，眼前一片白光。至于他是怎样从这匹老马的背上飞跃到黑嘎的背上，他一无所知，只觉得当时的情景好似在梦中，一切都在飞旋，不由自主地飞旋。

在这生死攸关的时刻，黑嘎凭着直觉，在那一刹那选择了汉巴，把自己的安危及生命交给了一个素不相识的陌生人，因为它觉得唯有汉巴能救它。在此之前，黑嘎在戈壁滩上逃亡时，撞见了不少人，但它都未减速停顿。当它见到了汉巴，便悄然减速，使汉巴神使鬼差地骑上它。就在汉巴跃上黑嘎背上的那一刻，一颗子弹飞进了汉巴的大腿，原本这颗子弹会飞进黑嘎的肚子里去，却“恰到好处”地钻进汉巴的大腿里。好在只炸了他个皮开肉绽，骨头没炸断，所以汉巴就有足够的力量带黑嘎逃离追杀它的人马，潜进一片原始胡杨林中。后来汉巴才从人们的口中知道，黑嘎在它主人被害的当天夜里失踪。数天之后，它驮着一个男人出现在荒漠中的沼泽地……

就是这一天的早晨，汉巴目睹了发生在荒漠沼泽地里的那一幕。当汉巴从追杀黑嘎的人的枪口下救回黑嘎一年之后，汉巴家的枣红马与黑嘎交配后怀孕了，这事令汉巴又惊又喜。他知道这样纯正的马种真是太难得了。一天早上，他怔怔地望着黑嘎，突然从黑嘎的眼睛里发现了什么。他注视着黑嘎的眼睛，黑嘎的眼睛使他想起了一年前发生在沼泽地的事……脑海里闪电一般掠过当时一匹黑马飞越沼泽地的情形……他终于认出了那匹黑马就是将杀害麦力的凶手扔进沼泽的黑嘎。汉巴猛然醒悟，他抚摸着黑嘎的头，说："你就是那匹黑马吧？你的主人就是麦力吧？你去过那片沼泽地，你知道是谁杀害了你的主人，所以你把凶手抛进了沼泽……"

黑嘎沉默着，一动不动地站在那里。

汉巴注视着黑嘎神秘的眼睛，回想起沼泽地里发生的那一幕……汉巴深深地吸了一口凉气，他猛然觉得黑嘎不是一般的马，而是一匹让人琢磨不透却又神奇无比的马。汉巴认识黑嘎的主人麦力，知道麦力是一位受人尊敬的畜牧培育专家。当听说麦力被人杀害之后，汉巴非常震惊，他无法理解是什么人竟然要杀害麦力。后来警察紧锣密鼓地调查追凶一年多，可是没有任何线索。可以想象，在辽阔的戈壁和一望无际的沙漠中，凶手会像大海里的一条小鱼，藏匿得无影无踪。可是这些凶犯是逃不过一匹马的眼睛的……

汉巴猜想，在黑嘎的主人被杀害的那一刻，它目睹了残害它主人的凶手。于是，黑嘎在主人死去之后就失踪了。人们以为这匹忠诚的马，追随它主人的灵魂而去了，就连麦力的父母也是这么猜想的。可是黑嘎没日没夜地翻过雪山，越过草地，飞奔于沙漠和村庄之中，终于在一个偏僻的地方发现了凶手。它首先敏感地嗅到了凶手的气息，甚至在人群中看到了那个人的身影和那副狰狞的面孔。黑嘎没有发狂，没有惊慌，而是悄然而平静地伫立在凶手的面前，用极其冷静的目光注视着凶手。这个人面对一匹突然而至的马，很快认出了这就是他梦寐以求的黑嘎，顿时就惊呆了。他用狡黠的目光环顾四周，发现没有被人跟踪，心中一阵狂喜，伸手向黑嘎的脸狠打了一拳，黑嘎站在那里竟然一动不动，他见黑嘎没有丝毫的敌意和反抗，就放松了警惕和防备，接着黑嘎垂下头颅，发出一声沉闷的声音，于是凶手轻易地骑上了马背。黑嘎让这个凶手相信了它，并让他毫无顾忌地骑上了它，于是黑嘎驮着凶手离开了这个地方，奔向了原野，而且越跑越快。刚开始黑嘎背上的人还得意地嗷嗷大叫，过了一会儿，他觉察到了不对劲，黑嘎跑得太快，使得他紧紧地趴在黑嘎背上，怕掉下去摔得粉身碎骨。尽管他不停地吆喝黑嘎停下，并死死地拉紧缰绳，可是黑嘎丝毫没有减速，直到最后，黑嘎在逼近那片沼泽地的时候，奋蹄纵身一跃，准确地将杀害它主人的凶手甩进了那片寂静的沼泽。在那一瞬间，只听见凶手一声惨叫，一个在空中扭曲翻滚的身影，像一片树叶一样落入沼泽。沼泽立马裂开一道缝，瞬间吞没了这个人。

这一幕被汉巴看到了，他惊恐不已，呆呆地望着飞奔而去的黑马，呆呆地望着寂静的沼泽，好像刚才什么事也没有发生……汉巴觉得这件事简直就像一团谜，一团无法开解的谜，汉巴感到毛骨悚然。之后汉巴紧紧地守住这个谜，直至他后来在沙漠里，在一群人追杀一匹黑马的枪林弹雨中，毅然地救了黑嘎。从此，汉巴就成了黑嘎的主人……

黑嘎闪动着神秘的眼睛，与汉巴默然地对望着。从此，黑嘎便与汉巴默契地生活在一起。不久，汉巴家的母马生下了一匹小黑马。当小黑马被生下十几天之后，汉巴悄悄地把小黑马送到了爷爷家的门口。可是爷爷奶奶并不知道是谁送来的小马驹，他们从小马驹的体型和毛发上断定，这匹可爱的小黑马就是黑嘎的后代，一定是熟悉麦力的人送来的。

……

爷爷牵着黑珍珠走了一段路，黑珍珠用头蹭爷爷的手臂，发出“哞嘿嘿”的低鸣，这是它示意爷爷骑上马走，这也是爷爷与黑珍珠长久以来的默契。只要黑马发出“哞嘿嘿”的低鸣，就是告诉爷爷——别客气啦，坐上来吧。

每当这时，爷爷就疼爱地拍拍黑珍珠的头，感激地说：“你已经够累的了，我走走吧……”

爷爷非常爱惜自己的马，在沙漠中行走时，怕马太累了，就常常牵着马行走。这成了爷爷的习惯。

爷爷到了镇子里，就把黑珍珠拴在了商店对面的一棵沙枣树下，等买好了东西，返回来找马时，马已经不见了。

爷爷感到非常奇怪，这样的事还是第一次发生，黑珍珠从来都是忠于职守的好马，从来没有让爷爷操心过。

可是，黑珍珠会到什么地方去呢？这匹马跟随爷爷已有许多年了，对爷爷从来都是忠心耿耿的，不管发生再大的灾难，它都没有离弃过它的主人。

爷爷顺着雪地上的马脚印，走出了小镇，渐渐马脚印就被雪覆盖了，消失在一片白茫茫的雪原中。

爷爷对着空茫的雪原喊了几声：“黑珍珠！珍珠！……”爷爷的喊声很快就被寂静的雪原吸逝了。爷爷想，黑珍珠不管在多远的地方，只要听到呼叫它的名字，它都有所回应，会不顾一切地飞奔而来。

等待了片刻的爷爷，发现远处没有任何的动静，就觉得更加奇怪了，难道马被盗马贼偷走了？

爷爷在雪地里转悠了许久，终也不见黑珍珠出现。爷爷就犹豫了……他怕等到天黑，路上遭遇暴风雪或者劫道的歹徒。于是就决定背上货物走路回家，因为爷爷相信黑珍珠非一般的马，它不管遭遇什么，都会逃脱险境，出奇制胜地回到他的身边来。

尽管这样，爷爷还是不放心地边走边四处张望，他不敢相信他的马就这样不明不白地丢了。

可是他忧虑一阵后，又坚定地相信黑珍珠一定能够自己回家。因为以前爷爷经常让黑珍珠自己寻路回家。有时他外出给牲口看病，有什么东西忘记带了，就打发黑珍珠回家取，爷爷把要的东西写在一块布上，再把布绑在马鞍上，黑珍珠就飞快地跑回家。奶奶取下布一看，明白了爷爷的意思，就赶紧把爷爷需要的东西捆在黑珍珠背上，黑珍珠就以最快的速度返回爷爷那里。黑珍珠不知帮了爷爷多少忙。爷爷有时在沙漠中遇见病倒的人，也让黑珍珠把病人驮回家。

有一次，爷爷在路过阿扎尔山峰时，走到半山腰，发现悬崖上有一道幽蓝的亮光在闪烁。太阳照耀着一丛蓝色的花朵，发出很神秘的蓝色光焰。爷爷顿时惊喜不已，他知道长在悬崖上的是一种叫“菊麻”的草药，它的价值要超过黄金。它专治刀伤、枪伤等，只要挤上一点它的汁液，擦在伤口上，伤口会很快消炎愈合。这是一种非常难得的珍贵药材，爷爷也只在小时候跟着父亲采药时见过，正是因为爷爷的父亲手里有这种药，就遭到了盗贼的追杀，致使爷爷的父亲受了重伤。后来爷爷刻意寻找过那种叫“菊麻”的草药，结果几十年过去了，他再也没有找到过。

爷爷让黑珍珠站在悬崖边，他准备攀岩去采药，临下去之前，爷爷抚摩着黑珍珠的脖子，对它说：“我如果摔下去了，你就回去告诉奶奶，让她别伤心……”

黑珍珠默默地望着爷爷，眼睛里闪烁着焦虑的光芒。

爷爷说：“怎么啦？老朋友，别担心，那种药可是千载难逢的啊！你安心地等我，啊？”

爷爷朝悬崖爬去，陡峭的石峰，根本不是人走的地方，连羊都无法攀缘。爷爷就这样将身子紧紧地贴在悬崖上，凭着他强健的体魄和顽强的毅力，一点一点移向那一丛蓝色的花朵。

当爷爷快要靠近那一丛花时，太阳的光线刺得他无法张开眼睛，他汗流浃背，双手被石头划伤，血流出来，沁在岩石上。爷爷只好趴在岩石上一动不动。过了一会儿，爷爷适应了那种强烈的光线之后，又开始攀缘。就在爷爷抓住一棵“菊麻”的一瞬间，他脚下一滑，就摔下山崖去了……

站在悬崖边的黑珍珠看到了这一切，它发出尖厉的呼声，然后寻找通往山底的路。黑珍珠转遍了那座山崖，也没能找到寻找爷爷的路。黑珍珠只好在天黑之前回到村里，把爷爷遇险的消息告诉奶奶。

有人看见黑珍珠飞奔时的样子，简直就像在空中飞翔的神马，它越过高山，飞过河流，它的四蹄在沙漠中荡起滚滚浓尘，看到它的人都以为它是一匹从天空中飞来的马。人们惊呼起来，纷纷双手合十，默默地祈祷着……

黑珍珠回到村里，奶奶首先看到了它，对它叫唤起来："嗨，我们的黑珍珠啊，你的主人呢？"

黑珍珠浑身流着汗，站在奶奶跟前，烦躁地甩着头，发出悲伤的鸣叫，并用前蹄扒拉着地。

奶奶懂得了黑珍珠的意思，这是它在发出最危急的信号。奶奶立即就知道爷爷遭遇到危险了。

奶奶扑过去抱住黑珍珠，大哭起来，说："别紧张，我这就去召集村人，我们去救爷爷！"

黑珍珠带领着村人，向爷爷遇险的地方飞奔而去。

人们在山崖下救起了爷爷，昏迷的爷爷手里还紧紧地攥着那棵"菊麻"。后来这棵草药真正救了爷爷的命。

奶奶将这棵草药捣成浆，把汁液抹在爷爷的伤口上，泡过药渣的水，让爷爷喝下去，这使受了重伤几乎快要死去的爷爷，竟然在几天之后就能站起来了。

爷爷带领村人，去把那一丛丛救命的"菊麻"采了回来。

后来，爷爷为了感谢大家的帮助，就将这种药当成全村人的共有财产，不管是谁受了伤，都可以享用这种药。就是这种有奇效的草药，救了许多人的生命，也救了许多受了重创的牲畜。

当丢失了黑珍珠的爷爷在翻越一个大雪坡的时候，天渐渐黑下来了，就在这时，他突然听见急促的脚步声从一棵树后响起。不一会儿，有一个人朝爷爷快步跑来，边跑边叫喊：“喂，等等，你有火柴吗？”

这样的事在沙漠中是经常发生的。迎面过来的人，风尘仆仆，跟对方借火抽烟，再寒暄两句，互道前方路上的情况，然后各奔东西。

爷爷把肩上驮的东西放在地上，看了一眼来的人，是一个面目黑瘦、身子很高的中年男人。他空着双手，头上戴着一顶古怪的皮帽。他用尖锐的目光紧紧盯着爷爷，然后快速地瞟了一眼地上的货物。

爷爷把火柴递给他，跟他寒暄着。那人点着了烟就跟爷爷道别。

爷爷继续上路。可是当爷爷刚转身之际，那个人就朝爷爷猛扑过来，并从后死死掐住了爷爷的脖子。

爷爷被这突如其来的袭击搞蒙了,但是他立刻明白，这人是劫匪。于是爷爷扔下货物，转过身与劫匪厮打起来。爷爷没有想到，就在这时，劫匪从皮靴里抽出了匕首，举刀就朝爷爷刺去。爷爷凭着全身的力气，双手死死抓住劫匪握刀的那只手，可是劫匪力大无比，爷爷敌不过他。这时爷爷大声叫道：“你放手，你要什么东西就拿走！”

爷爷反复地大声叫喊，声音传得很远。

可是劫匪根本不听，执意要杀害爷爷。爷爷明白这个劫匪要置他于死地，而且黑珍珠也许就是被这个劫匪劫走的……于是爷爷奋力挣扎起来，与劫匪厮打，两人滚在雪地里。经过几个回合之后，爷爷感到越来越难以抵挡了。

劫匪把匕首扎在爷爷的喉部，掏出爷爷胸前口袋里的钱，还逼问爷爷另外的钱在哪里。

爷爷已经被劫匪扎伤了，血从脖子里流了下来，他感到窒息。他艰难地指着那堆货物。

劫匪抬头看了一眼。

就在这时，爷爷听到了从远处飞奔而来的脚蹄声。他原先以为是他的黑珍珠，心里一阵惊喜，他知道黑珍珠是救得了他的，黑珍珠用它的前蹄就足以将劫匪踢翻。

但是他马上就觉得那不是黑珍珠奔跑时的声音，而是其他动物奔跑时的声音。

令爷爷没有想到的是，飞奔而来的是一只狼，而且这只狼以闪电般的速度扑向劫匪。它锋利的牙齿很快就撕破了劫匪的脸，而且迅速地咬住了劫匪的脖子，劫匪不明白发生了什么，惨叫一声，倒在雪地上。

爷爷挣扎着从雪地里爬起来，还没有明白是怎么一回事，就眼看着那只狼把劫匪撕咬得大声惨叫，满地打滚。

劫匪向爷爷呼救："大哥快救我，救我呀！"

劫匪手里的匕首早已掉在地上，他双手混乱地挣扎着，与狼拼死搏斗。

在这个过程中爷爷认出了那只狼——就是他曾经救过的那只喉部卡了一根铁钉的狼。它头上的几丝白毛，使爷爷认出了它。

爷爷见那个劫匪已经快被狼咬死，劫匪满脸满身都是血，而且被狼撕得皮开肉绽，一副惨不忍睹的样子。

爷爷对狼大叫一声：“嗨！放下他！放开他！”

没有想到，狼听了爷爷的叫声竟然停止撕咬，喘着粗气，目光炯炯地望着爷爷。

爷爷对狼说：“放他一条命吧，让他明白他还不如一只畜生。”

爷爷感激地抚摩了一下狼的头，动情地说：“谢谢你救我，要不是你及时赶到，我现在已经被他杀害了。”

爷爷叹息着摇了摇头。

躺在地上的劫匪动了动腿，睁开眼睛，惊恐地望着一个人和一只狼说话。劫匪吓坏了，非常吃力地爬起来，跪在地上，直给爷爷和狼磕头，边磕边说：“饶命啊，神仙！我有罪，我该死！”

爷爷对劫匪说：“我算什么神仙啊！一个一辈子给牲口看病的兽医……你身为一个人，却不如一只动物，你啊，可怜啊！”

爷爷叹息着，背起货物继续赶路。

劫匪仓皇地爬起来，赶紧逃命。

狼跟了爷爷一段路，然后朝另一个方向走了。

两天之后，爷爷的黑珍珠回来了，它满身都是伤，脖子上还被人捅了一刀，伤口中鲜红的皮肉向外翻着。它的样子使人想到它一定经历了一场惊心动魄的灾难。

它见了爷爷就像孩子见了父母一样，既亲热又委屈，不断地摇着头，甩着尾巴，好像在述说它失踪这几天的遭遇——它似乎在说，它被那个劫匪强行拉走之后，被关在一个黑屋子里，劫匪用鞭子抽打它，用烧红的烙铁烙它，要它屈服，要它顺从。它要逃跑，劫匪就用刀子捅它。在一个黢黑的夜晚，它趁劫匪睡熟之际，奋力蹬断了缰绳，朝黑夜中飞奔而去。它回到了自己的家。

爷爷听懂了马的语言。他心疼地抚摩着马的身子，安慰它，说："好样的，我知道你能逃回来，你受苦了，那些人也太狠了，把你打成这个样子……"

爷爷心里揪痛地皱着眉头，赶紧给马包扎伤口。

奶奶打一见到黑珍珠回来，泪水就没有断过。她声声哀叹道："太心狠了，把一匹马伤成这样！它可是一匹难得的好马啊，帮我们大家做了多少好事啊……"奶奶说着伤心地"呜呜"哭起来了。

黑马低声地打着喷，好像在安慰奶奶：不要难过，我不是好好的吗？

奶奶抚摩着黑马的鬃毛，心酸地说道："这些人啊，到底怎么啦？对你下毒手，真是有罪啊……"

草原的春天是一个杂味纷呈的季节，也是牧民套野马的季节。整个草原都洋溢着冰雪消融之后泥土的腥臊味，草根萌芽时的甜香味，以及夹杂着去年牲畜留在荒野中的粪便的发酵味。这一切味道，被春风吹拂着，在阳光下氤氲四散。

清晨的阳光一尘不染，明朗地照耀着松果尔草原。松果尔草原与茫茫戈壁相连，像一块绿色的玉石镶嵌在戈壁荒原之中。这时候成批的牛群、羊群、马群，如同海浪一样从人们眼前翻卷而过。它们被赶往天山牧场，那里有丰美的牧草，它们在那里可以被滋养得膘肥体壮。因为它们的身体被春风催促得咕咕作响，它们在这样的季节躁动不安。它们匆匆而过的蹄声，使沉寂了一个冗长冬天的戈壁开始喧闹起来。

一群生存在天山深处的野马，忽然在某一天的清晨，横空出世般出现在了初春的草原上。每一年的这个季节，是草原上的牧民套野马的好机会。尽管这样，牧民仍然还是惊恐而警惕地注视着奔腾的野马群，因为野马常常趁人不备，将他们驯养好的家马卷走。这是牧民最为痛心疾首的事情。每当这个时候，牧民会将自家的马关在马厩里。可是被野马唤起野性的家马，早已耐不住性子，显得格外烦躁不安，无端地嘶鸣，前蹄焦灼地叩响脚下的地。有的干脆冲破藩篱，混进了野马群，就再也没有回到主人家。有的马却在不久之后的一天早上突然出现在主人的面前，可是它们满身伤痕、疲惫不堪的浑噩形象，让失而复得的主人又喜又怒。

一大早，爷爷牵出黑珍珠，为它梳理毛发，准备去草原上套野马。爷爷不仅是受牧民敬仰的兽医，也是套马能手，因为在每一年的套马季节中，爷爷都会为牧场套上一两匹野马。

我缠着爷爷带我去套马，爷爷却告诉我："套马是一件惊险的事情，小孩子是不能够靠近的，等你长大了，我会教你的……"

可是等爷爷前脚一走，我就骑上他那匹毛驴朝草原上跑去。直到半晌午，我才赶到爷爷和牧民围堵野马的草原。草原的地形呈S形，狭窄的转弯处是野马必经之路，爷爷和牧民早已在这里等候着，只要野马群一出现，他们就团团围住野马，牧民手中的套绳飕飕地在空中飞旋……我目睹了爷爷一次又一次朝那群狂奔的野马甩出套马长绳，长绳犹如一道闪电，在空中呼呼飞旋……

这个时候也是黑珍珠大显身手的时候，它驮着爷爷，在野马群里狂奔。爷爷和黑珍珠犹如一只小船被卷入汹涌的洪流之中，浮浮沉沉……就在那一刻，爷爷的黑马被野马咬住了后腿，黑马发出尖厉的嘶鸣，可也是在这关键时刻，爷爷腾飞而起的套马绳，飞旋而出，套住了那匹领头的枣红色野马，受惊吓的野马在长绳下愤怒地挣扎，其余的野马纷纷逃往远处。野马与爷爷拼死搏斗，它甩动着脖颈，奋力去撕咬套在它脖子上的缰绳。几经撕咬不成之后，愤怒的野马突然前蹄离地，后腿站立着，前蹄在空中画出闪电般的弧线，可是它越是挣扎，那一根紧拽在爷爷手里的缰绳越是套牢它，紧紧的缰绳使野马痛苦不堪，它几乎用尽了生命中的全部力量，但都无法逃脱那根柔韧缰绳的束缚。野马感到窒息，直至筋疲力尽，最终它低下了高昂的头颅，被爷爷驯服了。过了一会儿它痛苦地仰起头，发出声声绝望的嘶鸣。

这时在周围围观的人们朝爷爷奔来。草原上一片欢呼声，因为能够成功地套住野马，是牧民最为荣耀的事。爷爷被牧民们簇拥着，他脸上闪动着胜利者的微笑。

那一年，由于沙漠中的狼被人类大量地灭杀，自然界的生物链失去了平衡，黄鼠狼和沙鼠疯狂繁殖。黄鼠狼不仅偷食村民的鸡，还成群结队地袭击羊群，关在圈里的羊被黄鼠狼一只只咬死。成千上万的沙鼠跟牧民争夺着粮食，种下的玉米和麦子，还没有等收成，就被洪水一样泛滥的沙鼠抢夺一空。被激怒的牧民买来毒鼠药，遍地撒上诱饵，结果被毒死的黄鼠狼和沙鼠尸横遍野，接着就是一场罕见的瘟疫在沙漠中传播开来，村里的牛羊死了很多，人也死了不少。村里每天都传来撕心裂肺的哭叫声。他们吹着哀伤的唢呐，把死去的亲人送进坟墓。

人们惶惶然地看着灾难发生，却束手无策。

过去是狼控制着沙漠与自然的平衡，狼捕食最多的就是黄鼠狼和沙鼠，由于狼的数量均衡，黄鼠狼和沙鼠不会疯狂繁殖，沙漠中也没有出现过瘟疫。

爷爷在那场大瘟疫中，没日没夜地在沙漠和草原上奔忙，救活了许多人和牲畜，可是爷爷太累了，他累倒在戈壁滩上。黑珍珠把爷爷驮回家里，不久爷爷就去世了。我紧紧抱住爷爷的胳膊，生怕一松手，爷爷就被死神抢走。

我哭啊，喊啊，但爷爷仍然走了。

自从爷爷去世之后，黑珍珠显得十分孤独，尽管奶奶细心地照料它，它仍然对爷爷的离去感到恐惧和不安。它异常烦乱，常常独自来到爷爷的坟前，用前蹄敲响土地，想让爷爷醒来，从土里出来。可是它再也见不到爷爷了，它伤心地大声嘶叫，围绕着奶奶，围绕着村庄，嘶鸣着，奔跑着，然后朝沙漠深处疯跑，一直跑到累死。

当奶奶和村里人找到它时，它已经气绝而亡。它的眼睛大大地睁开着，漆黑的眸子仰望着苍天，里面藏着很深的孤独和悲伤。

我还没从失去爷爷的悲痛中缓过来，又传来黑珍珠死去的噩耗。

我抱着僵硬的黑珍珠伤心地大哭，悲恸地问道：“你想爷爷是吗？你去追赶爷爷是吗？你怕爷爷孤单是吗？”

人们将黑珍珠葬在了爷爷的旁边，让它与自己忠爱的主人永眠于此。

我亲眼看到了，也感受到了：一匹马对一个人的情感是多么的深刻。

二

黑嘎

我上初中一年级的那一年，我和奶奶搬到了牧场。政府和麦力爸爸的科研机构将麦力爸爸评定为烈士，把我们安排在了比较舒适的地方居住。我们的住处离汉巴家很近，他在家里说话我们都能够听见。因此，我们就和汉巴成了邻居。

汉巴在牧场当队长，成天忙忙碌碌地管理着牧场的事物。我们经常可以看见他骑着黑嘎在村庄和树林里跑来跑去，很忙碌的样子。

失去爷爷和麦力爸爸的奶奶，越来越沉默，平时很少说话，远远地看见汉巴和

黑嘎，久久地望着，直到他们消失。奶奶望着天边，对我喃喃道：“你要记住爷爷说过的话，不要去靠近黑嘎，更不要去认领它，它活在新主人身边也许更安全……”奶奶说完，情绪复杂地叹了一口气，又说：“它已经不记得我们了，不记得爷爷和它的主人麦力啦……你那时还小，你没有见到过它是多么出色，多么让人着迷，它是一匹神奇的马……”奶奶说着，脸上出现了少有的微笑。

正如奶奶说的那样，黑嘎对我来说的确很陌生，麦力爸爸遇害和黑嘎失踪时我还很小，而只有与我们相依为命的黑珍珠让我刻骨铭心。我常常想起黑珍珠，想起它懂事可爱的样子，它是那么地忠爱爷爷，爷爷去世之后，黑珍珠也气绝身亡了。奶奶常常望着天边的晚霞，说：“黑珍珠去陪伴爷爷去了，黑珍珠和爷爷在一起……”

有一天，我放学回家，汉巴骑着黑嘎从远处朝我奔来，那匹黑马像一团燃烧着的黑色火焰在我的视野中跳跃，我大吃一惊，简直不敢相信那是一匹马。当汉巴与黑嘎驻足在我面前时，我仍然没能从震动的眩晕中回过神。我心里在想：天哪！这是一匹什么马，它的黑色为什么如此令人心醉！我猛然明白，为什么麦力爸爸为了它可以献出自己年轻的生命。

汉巴从马背上跳下来，站在我面前认真地审视我。

我真的顾不上汉巴，我的目光一时半会儿无法从眼前这匹高大健壮的黑马身上离开。它是一匹浑身没有一丝杂色的黑色马，我从未见过这样的马。黑珍珠与它相比，真是没有它那般气势，也没有它这么让人震撼。它的黑极其深远而纯粹，像一股黑色的漩涡，将目睹它的人旋进去。阳光下它的毛发轻轻闪动着亮光,这种亮光让人看了心里发悸，它偶尔翻动的眼白也在瞬间的转动中被漆黑如珠的眸子掩盖住。我看着它，心狂跳不已，我浑身的血液在沸腾，我紧张得连呼吸都感到困难了。我知道这匹马会使我疯狂的，我会不顾一切地走近这匹马的。

汉巴看了我一会儿，说：“你长大了，你叫玫瑰吧，多像你英俊的麦力爸爸……”汉巴说着抬头看了看天。

可是我一句也没听进去，我沉醉在那匹马纯正的黑色之中，并很快陷入一种幻想——我很快骑上这匹马，在广袤无垠的荒原上飞奔起来，它把我带到了连在梦境中也抵达不了的地方……

“它是一匹公马，叫黑嘎。”汉巴走近我，炯炯的目光直视着我。

汉巴说：“世界上再也没有比它更好的马了！”自豪与炫耀一同在汉巴的脸上闪烁。我的心猛然地被刺伤了，我想起麦力爸爸，内心的悲愤汹涌而至。我第一次发现我非常脆弱，而且是面对我再次相遇且十分陌生的黑马。

我避开汉巴的目光，故作漫不经心地去看他身后的马，它的神态有着悠远的平静，目光注视着远方。它有一双扑朔迷离且深情的眼睛，但是在它轻轻波动的眼神中，却深藏着孤独，是一种久远而无告的孤独。面对这样的孤独，我深深地吸了口气。

于是，我把目光转移到汉巴的脸上，极力地掩饰着内心。

汉巴说："你怎么像一团梦，迷迷瞪瞪的，让人觉得你发生什么事了……你知道黑嘎的故事吗？我以后会慢慢告诉你……它知道的秘密太多了……"汉巴欲言又止。

我注视着汉巴，他似乎不自在起来。于是他露出两排白牙肆无忌惮地大笑，边笑边拍着黑嘎的脖子，说："它常常用你那样的眼神看我，我原先以为它发生什么事了，后来才明白，它就这样。"

汉巴的笑声戛然而止。留在我脑海里的仍然是黑黝黝的马影。我几乎是愤怒地转过身，然后走掉。我相信了奶奶说的话，黑嘎已经把我们忘记了。

汉巴追上我，说："你不想知道黑嘎属于什么血统吗？"

我停下脚步，斜着眼睛望着汉巴那张得意的面孔。

汉巴不假思索地说："那绝对是百分之百的纯种良马。它的祖先早年从美国西部草原来到中国，它的父辈在一次举世闻名的战役中身负重伤，冲过敌人的封锁线，救出它的主人，后来获得了‘沙漠雄鹰’的称号，到了黑嘎这一代，就更是战无不胜了。”

我说：“黑嘎是怎么落到你的手里的？”

汉巴听了我的话，像中了一颗子弹似的，把话打住了，怔怔地望着别处，然后患牙痛似的皱了皱眉，一语不发。见了汉巴这副模样，我大吃一惊。我猜想，他与黑嘎之间一定有着一个难以言说的秘密。

沉默之后，我无奈地说：“下点雨就好了。”我忧虑地望着天边，天边有飘浮不定的云彩。

汉巴以沉闷的嗓音说：“戈壁滩一年也难下一场雨。”汉巴脸上出现做梦一般的神情，我知道他这是没话找话说。我仍然望着天边的云彩。沉默片刻之后，我突然对汉巴说：“我骑骑你的黑嘎行吗？”

汉巴别过脸来看我一眼，眼神很凶地注视着我，说：“它会摔断你的胳膊腿的。”

我的脸大概是涨红了，我想说什么，可什么也没说出来。我下意识地看了一眼黑嘎，它对我们的谈话表现得很冷漠，毫无兴趣。

汉巴骑上马走了，朝远处朦胧的林区走去，他的背影在马背上一耸一耸的，似乎涌动着一股莫名的愤怒和寂寞。

转眼工夫，黑嘎就穿过林带在戈壁滩上飞奔起来，身后腾起一长串烟尘。

我望着那一闪即逝的黑影，心里嫉妒得发疯。我冲远处吼了一声："这是我麦力爸爸的马，你得意什么啊？"

就在这时，我突然想起了爷爷去世前跟奶奶说的话："你们以后就不要再去寻找黑嘎了，也许它在新的主人身边会生活得更好，黑嘎太优秀、太珍贵了，它会给你们带来灾难……我们的麦力为了它，牺牲了自己，无论如何你要把我们的玫瑰养大成人，这孩子太可怜了……等她长大了，你要把她的身世如实地告诉她，兴许她会找到丢弃她的父母……"

在我长大的过程中，我逐渐知道，我的麦力爸爸不是我的亲生父亲，因为奶奶曾告诉过我麦力爸爸没有结婚。我问爷爷没有结婚的人是不是就没有孩子。爷爷当时不假思索地回答我，说："是的，只有结了婚的人才有孩子……"爷爷说到此便把话打住了，问："孩子，你怎么问爷爷这个问题？"我悲伤地摇摇头，没有回答爷爷。从此之后，我的内心多了一些驱散不了的迷雾，我常常在夜里独自坐在门外的院子里，望着天上的星星，想着心事。我的心事就是爷爷说的我的亲生父母——他们是谁？在哪里？我总也想不透，想不明白，那些困扰我的东西就像天上的星星一样，遥不可及。

之后的一天，天色很阴沉，整个戈壁滩灰雾蒙蒙的。我坐在家门口，望着迷茫的天边。汉巴这时从牧场的侧面出现了，他好像从家里出来，甩着两条粗壮的胳膊，显得无所依傍的样子，两条长腿八字形地往外拐着，晃晃悠悠地走路。

我知道汉巴的八字腿是长期骑马造成的，但是他突然甩动着胳膊，晃悠着八字腿走路，有点奇怪。平时汉巴任何时候都骑马，好像他的屁股永远长在了马背上。汉巴走近我，也顺着我的目光看了一眼天边，然后说：“黑嘎受伤了。”汉巴的语气充满了忧伤，我侧目看了一眼汉巴，吃了一惊，黑嘎为什么受伤？没等我问，汉巴就说：“昨天夜里，我去了黄土墚……”汉巴停顿不说，我说：“你去那里干什么？那里不尽是坟墓吗？除了野狼就是野鬼。”

汉巴沉默片刻，脸上就出现眩惑的神情，他说：“我们遇到一群狼，本该可以逃开的……怪我，黑嘎为了救我，前腿被狼撕伤了。”汉巴说完漠然地望着天边，脸上渐渐露出一种神秘的痛苦，然后又意犹未尽地笑笑，笑意诡秘。

我看了一眼汉巴，心“突突”跳动，接着我与汉巴无话可说，汉巴就走了。汉巴的背影在灰色的天光下显得厚重而挺拔，像一堵在移动的墙。我想，像这么一个坚强有力的男人，会让自己的马被狼撕伤？他刚才满脸的诡秘笑意跟马受伤有什么关系？

我满心疑惑，等汉巴的影子消失，我拔腿就往汉巴家的马厩跑去。

黑嘎的确伤得不轻。它站在马厩里的草堆上，低垂着头，听到脚步声就抬起头，支棱着双耳，听着外面的动

静，看见是我就打着喷。我轻轻唤它的名字。它看着我，目光中充满了陌生和仇视。我不喜欢这种目光，我说：“我们见过面的，为什么还这样看我？”我隔着马槽望着它，它开始感到不安起来。它一边烦躁地打着喷，一边很艰难地挪动伤腿，一瘸一拐地走近我，然后用不信任的目光看着我。这目光让我心里很难受。我正打定主意想走开时，它突然朝后退了几步，站在暗处翻动着黑如漆珠的眼珠看着我，然后很痛苦地垂下了眼帘，无奈地“咴嘿嘿”叫了几声。

我看清楚了它前腿靠胸肌处的伤口，一条被撕伤的伤口足有半尺长，皮朝外翻卷着，露出鲜红的肉，血从伤口中流出，在两条前腿的关节处积下了厚厚的血痂。

我深深地吸了一口气，心里像是被什么东西扎了一下，我的腿有些许颤抖。

我默视它之后说：“你为什么受伤？你去那里干什么？汉巴去请医生了吗？”

黑嘎仰了仰脖子，发出一种极其烦闷而愤怒的叫声。

我对它的痛苦感到无奈，转首望了一眼远处，天仍然是灰沉沉的。

我想不出该对一匹受伤的马做些什么。我朝里走了两步，停靠在马槽边。黑嘎感到有些意外，仍然用不信任的目光看我。我又试着朝前走了两步，我听到它的呼吸，它不均匀的呼吸在我走近它的同时急促起来。

我朝它伸出双手，想去靠近它，抚摸它。我没有想到就在此刻，它一个闪电般的转身，同时扬起后腿踢了我一下，正好踢在我左边的膝盖上，尖锐的疼痛和猝不及防的惊吓，使我尖叫一声倒在地上。膝盖上的疼痛又使我弓紧了腰，蜷曲着身子抱紧双腿，在地上一动不敢动。我痛得张大嘴，想让痛楚从我的嘴里发泄出去。

黑嘎站在一旁，气喘吁吁地怒视着我。我以为它还要继续攻击我，用它的两个蹄子践踏我，直到将我踩得皮开肉裂地从这里爬出去。

我知道危险立刻就要发生，抱紧双膝一动不动地躺在马厩下，尘土呛进我的鼻子里。

黑嘎在怒视我良久之后，慢慢将竖立起的马鬃耷拉下来，垂下头望着地上的我，然后试探地伸长脖子，缓缓地靠近我。

我的泪水涌出来，我斜着眼睛看着它。它的嘴部快接近我的头发时，我尖叫起来。它吓了一跳，猛然后退，身体后部撞在马厩的墙上，四蹄在地上踩出混乱的声音，扬起很多的尘土。

我从低处看到它鲜红的伤口在不停地抖动，心里就掠过一丝内疚，我不应该来打搅一匹受伤的马。我用手撑着马槽站立起来，膝盖痛得我眼冒金星，我的身子就靠在马槽上，泪水不停地从布满尘土的脸上流下来。

我低垂着头，挪了挪身子，想离开马厩。就在这时，黑嘎发出一声我从未听到过的“哞嘿嘿”的叫声，叫声充满了善意的温厚。它在缓缓地靠近我，一步又一步。我侧着头看着它，脸上的泪珠仍然在滚动。它的嘴部已经触到我的肩头，它呼吸很重，将嘴部越过我的肩，用它的脸颊轻轻蹭我的腿。我脸上的泪水沾在它的脸颊上。

黑嘎的皮肤给我一股温暖的感觉，同时也让我感到了它的内疚与友好。我伸出双手抱住它的脖子，我竟忍不住地哭出了声。黑嘎轻轻地打着喷，然后头往下沉，用嘴部去触碰我受伤的膝盖。我明白了它的意思，就顺势撩起裤腿，发现整个膝盖红肿起来，有星星点点的血包鼓出来。

黑嘎贴着我，一动不动地将头靠在我受伤的腿上，我抚摸着它的脖颈，柔顺的毛发在手指间轻轻滑动，不一会儿它抬起头，漆黑的眸子看着我，发出“哞嘿嘿”的叫声。

我笑了，一只胳膊抱住它的头，另一只手摸着它的鼻子，说：“没关系，我们都受伤了。”

在那一瞬间，我突然觉得我不是在面对一匹马，而是在面对一个心神相依的人。它宽慰着你，让你内心的委屈得到抚慰。片刻的恍惚，使我物我两忘。黑嘎的叫声使我从这种恍惚中清醒过来。我精神振作地拍拍它的头，对它说：“你等等我！我回去告诉奶奶，她知道如何给你治疗伤口，以前我们的黑珍珠受了伤，就是奶奶照料好的……”

我跛着腿离开马厩，回到家里，告诉奶奶黑嘎受伤的事，奶奶听了沉默着，我很紧张，用渴盼的眼神望着奶奶。奶奶板着面孔，不高兴地说：“你去看黑嘎啦？以后不要去靠近它，你要记得爷爷说过的话……”

我说：“可是我们爱它，我们怎么可以忘记它？再说它受伤了，它伤得很重……”

奶奶心疼地看着我，没有说话，用手掌擦去我脸上的尘土和泪痕，然后拿出我们家仅有的三个鸡蛋打在面盆里，放上水和面，再加上一瓶蜂蜜。蜂蜜是附近的牧民送给奶奶的，因为牧民都记着爷爷曾对他们的帮助，记得爷爷的好，所以经常给奶奶送来一些蜂蜜、鸡蛋和肉食，可是奶奶一直搁着舍不得享用。我知道鸡蛋与蜂蜜对一匹受伤的马有多么重要，有经验的老牧人，常常把这些东西留给他最心爱的马吃。

我端着面盆走到马厩时，已是大汗淋漓了，膝盖直打哆嗦，皮开肉破似的疼痛，使我几次都快在趔趄中倒下。

黑嘎在马厩里惴惴不安地看着我，我赶紧将面盆递到它的嘴边，它闻了闻，就吃了起来，很快就吃净，然后用舌头把盆舔得干干净净，抬起头心满意足地看着我，发出一种憨憨的轻唤，我摸了一把它的鼻子，说：“好黑嘎！”

我看着黑嘎，想了想，然后又拐着腿回到家，见奶奶不在，就找出了消炎药粉和一条穿旧的白色裙子，再回到马厩去。黑嘎远远就听到了我的脚步声，从里面迎出头

来，像老朋友似的亲切地看着我。我热情地与它打着招呼，它兴奋得直晃动颀长的脖子，黑亮的鬃毛在闪动，像一面黑色的旗帜在微风中轻轻飘动，它的样子可爱极了。

我把四包消炎药粉全撒在它的伤口上，将裙子撕成条，横七竖八地缠绕在它的肩胛上，再把它包扎好。然后，我退回两步看着黑嘎，就忍不住地大声笑起来。黑嘎简直就像从战场上凯旋的战士，虽然身负重伤，但还是那么英武豪迈，那么悲壮和无所畏惧。

绷带好像使黑嘎感到不习惯。它摇着头，发出无可奈何的低唤。我走近去抚摸它，对它说："不要紧的，很快会好起来的。"

然而就在这时，汉巴和兽医站在我的身后，瞠目结舌地望着我和黑嘎。我对他们的突然出现感到很不自在，便转身快速地离开马厩，走了很远，回过头，汉巴还在傻傻地看我。

我长长地吁了一口气。

夜里的月亮很亮，银色的月光尽数地洒在无遮无掩的戈壁上。在这样孤寂无助的夜晚，月亮是会亮得惊心动魄的。

我坐在门口的木墩上，望着远处月光下的戈壁。风从沙漠深处吹来，干燥而灼热，使皮肤有一种裂痛感。远处仍然是朦胧的一片，月亮将沙漠中的一切变成两种颜色——灰色和黑色，这两种颜色组成了沙漠的夜色。一轮凄清的月悬照半空，戈壁的静默越发显得深远浩大。

我打了一个激灵，一股热风迎面吹来，我听到了黑嘎的叫声，倾耳听着，黑嘎的叫声沉闷而烦躁，好像是伤口使它感到不舒服。我站立起来，举目朝马厩的方向望去，犹豫片刻，我回到屋里，见奶奶正在灯下缝补衣服，奶奶的头歪着，像是睡着了。我悄悄退出屋去，轻手轻脚走了几步，然后便拔腿朝马厩跑去。在路过汉巴家的门前时，我放慢了脚步。窗口里的灯光映出汉巴的身影。我吓了一跳，我不愿意让他发现我。为了黑嘎，他一直在防范我，我弯下腰像一只猫一样溜了过去。

黑嘎站在马厩里，早就看见我来了，它打着喷，在黑暗中看着我，我站在马厩前轻轻地与它打招呼："嗨，你好！"

黑嘎"哞嘿嘿"轻叫一声，好像告诉我它的伤痛让它难以忍受。

我无奈地望着它，想走进去抚摸它，告诉它这样的夜晚我们都很难受。

就在此刻，汉巴的房门突然"呀"的一声开了，汉巴从里边走出来，紧接着门在汉巴身后"啪"的一声又关上了。汉巴手提水桶，急匆匆地朝马厩的方向走来。

我吓了一跳，赶紧一个闪身跳进马厩里去，躲在了黑嘎的身后。黑嘎不明白地叫了一声。我摸摸它，示意它别出声。

汉巴将水桶放在我刚才站的地方，头也不抬地脱光了自己的衣服，并将脱下的衣服扔在马槽边的柱子上。汉巴竟然哗哗啦啦地洗起来，面对着黑嘎，却无视黑嘎的存在，不停地弯下腰把头钻进水桶里，发出“呜呜哇哇”的叫唤声，这把我吓了一跳。原来他在洗头、洗脸，然后从水桶里钻出来，狠劲地甩头发上的水，甩出的水珠子四溅，从黑嘎背上飞越过来，溅到我的鼻尖上。我悄悄伸手抹去了。

汉巴不停地弯腰、直腰，用毛巾在身上浇水，像一个辛勤劳作的人，痴愚地忙碌着。我想，他如果站在一个水龙头下，水柱尽情地流过他的身体，那该是一个什么样的景致？他一定会快活地吹起口哨，或者默然无声地自我陶醉。可是此刻他什么表情也没有，只是茫然无序地乱洗一通。大概是洗累了，他挺胸收腹地站立，双手交叉着开始搓揉自己的身体。他舒展着胳膊和双腿，有节奏地搓着，伴着长长的喘息，好像洗澡给他带来了无穷无尽的压迫和痛苦。黑嘎对这种情形，似乎熟视无睹，毫无表情地默视着外面的月光。

汉巴突然弯下腰，双手抱起水桶，将水桶举过头顶，“哗啦”一声，水从头到脚流下来。汉巴在静默中站立，好像被水浇蒙了，傻愣地站在那里。月光照着一个水波粼粼的人。他的皮肤上闪动着水的光华，像古代的一种珍贵的绸缎，无比轻盈地披在这个体魄强健的男人身上，使他身体的每一处凸起的肌肉和凹陷的暗影，都呈现着一种古怪的奇妙感。

汉巴取下柱子上的衣服，捏在手里，另一只手提起水桶，大摇大摆地朝屋门走去。他的裸背在月光下，简直就像一艘在黑暗中扬帆前行的大船，那种沉稳的力量令人惊心动魄。

汉巴进门之后关门“啪”的一声响，使我从惊怔中冷静下来。我的脸上布满了汗水，眼睛灼热发痛，好像刚刚大哭了一场，或者经历了一件恐怖事件。黑嘎也许感受到了我的异样，它侧过头看我，用嘴巴吻我的头发，发出一声轻唤。我在一匹马跟前感到无地自容。

夏天果真下了一场透彻心扉的雨，雨势凶猛，将戈壁滩横扫了一遍，使戈壁滩整个地都浸泡在湿漉漉的泥腥味中。傍晚时分，雨停了。天空碧蓝纯净，清爽的风从头顶上浩浩而过。人在这种环境中容易物我两忘。

就在这样幽静的傍晚，汉巴在路过那片雨后的胡杨林时，发现了一个女人。

据汉巴后来说，那天他从牧场回来，与黑嘎路过胡杨林的时候，黑嘎突然无端地烦躁不安起来，踌躇不前地打着喷。汉巴感到很奇怪，就从马背上跳下来。黑嘎就侧过头看了汉巴一眼，掉头就朝林子里走去。汉巴对黑嘎刚才看他的那一眼大吃一惊，他知道黑嘎不轻易这么看人的，汉巴就跟着黑嘎走进林子。走到胡杨林深处的时候，汉巴就明显地感到阴森森的寒气朝他弥漫过来，天霎时就黑了下来。

黑嘎在一棵弯曲如弓的胡杨树前停下，接着汉巴迎头就看见了吊在树上的女人。上吊女人满头的长发正在晚风中拂动。汉巴不假思索就弯腰从靴子里抽出匕首，将悬在女人头顶上的绳子割断了。坠落下来的女人像一个湿透的面袋扎进他的怀里，使他猝不及防地抱着女人沉重地倒在地上。

汉巴从女人的身体下爬出来，呆呆地望着躺在地上的女人。他发现女人的嘴角溢出血来，流进脖子里，脖子上有一圈醒目的勒痕。

汉巴伸手摸了摸女人的手，女人的手冰凉而僵硬。汉巴就站起来四处张望，他认为女人死了。由于当时天黑，汉巴没有看清楚上吊女人的面孔，只凭感觉知道是一个年轻的女人。汉巴吸了一口冷气，把目光转向黑嘎，说：“她是谁？为什么跑这儿来上吊？”

黑嘎在一旁静默地望着他，“哞嘿嘿”轻声叫了一下，沉默地望着主人。

汉巴看着女人没有一丝血色的脸，不知如何是好。就在他束手无策的时候，他发现女人的眼睛睁开了一条缝，眼神迷茫而凄楚地看着他。这种眼神使他感到了害怕，他大声叫道：“你还活着吗？”

女人仍然无声无息地从一条缝里看着他。他忽地站立起来，对着静默的天空痛苦地嗷叫一声，当他低下头时，女人已经睁开双眼了。也许女人觉得汉巴不会伤害她，她的嘴角闪现出一丝笑意。汉巴看着这种笑意，心在那一刻碎了。

女人的喉咙里发出一种古怪的声音，她吐了一口血。

汉巴将女人扶起来坐在地上，把她身子靠在他怀里，他觉得这个女人一点生气也没有。

汉巴说：“你为什么吊在这里？你是哪里人？”

女人无声地流起泪来，汉巴低头看见女人脸上急速下滑的泪行，就不好再问了。流泪的女人让汉巴心如刀割。

流完泪的女人，突然仰起头，睁大眸子望着这个救她的男人，对这个男人说：“我叫西梅……我要生孩子了，你能不能娶我……看来我是死不了了。”

汉巴的目光往下滑，就看到了西梅那明显隆起的腹部，顿时就感到一股热直往头上蹿。

当天夜里，这个叫西梅的女人在汉巴的床上生下来一个已经死去的小婴儿。两个从未谋面的陌生人，面对一个僵死的婴儿不知如何是好。主要是汉巴觉得这一切都来得太突然了。

两人呆愣许久之后，西梅说：“你拿一把铁锨，到戈壁滩上挖一个坑，把他埋了。”

西梅的语气很平静，好像不是让汉巴去埋葬一个婴儿。

汉巴当天夜里就把这个来路不明的小人儿埋葬了。

汉巴从此就有了女人，第二天他就把他要娶西梅的事告诉了所有的人。

当时我在遥远的草原上，与黑嘎在一起，不知道汉巴要娶西梅的事。

其实就在汉巴有了女人的这天夜里，我心中正在预谋着一件事，并很快将预谋变为现实。趁月黑风高时，我站在黑暗中看见睡熟的奶奶正在打着鼾。我偷偷摸出了屋子，一路小跑，潜进了拴着黑嘎的马厩。当时黑嘎正在吃着饲料，它安详地在黑暗中盯着我，我几乎是不顾一切地冲向它的，抱住它的头，抚摸它光滑平顺的脖颈。也许它觉得这一切来得太突然了，因此不习惯地歪着头，发出难以名状的“咴嘿嘿”的叫声。这种叫声极其宽厚和温柔。我很感动，紧张地喘气，踮起双脚去抚摸它那修长的脖子和高耸的肩脊，然后轻轻地拂动它茂密而柔顺的鬃毛。也许黑嘎领悟到我的爱意，它侧过头，望着我，它闪动的眼波显得那么深情。我抱住它，它坚实的体魄传递给我一种力量。我知道这种力量正神秘而奇特地牵引着我朝它靠近。

自从见到它的那一天起，这种力量就在我与黑嘎之间罩上了一个空间，使我不可抗拒。

我解开拴在木桩上的缰绳，从马厩的墙上取下马鞍，安放在黑嘎的背上，黑嘎兴奋异常地打着喷，它已经意识到我要带它到什么地方去了。因为在此之前，我已在暗中多次窥视过汉巴套鞍子的全部过程，就连拍拍黑嘎前额的细节我也没有放过。这是在套鞍完成之后，出发前的动作。这是一种默契，唯有汉巴与黑嘎才明白，也许没有这种拍拍前额的动作，恐怕谁也无法将黑嘎从马厩里拉出来。我轻轻拍过黑嘎的前额之后，它就发出认同的“咩嘿嘿”的叫声。我轻声对它说：“免了免了，兴许汉巴正在做梦呢！”

我和黑嘎走向寂静的荒原，雨后的原野显得那么滋润和恬静。走了一段路之后，月亮钻出云朵，当空悬照着。

戈壁滩显得明净而清晰。我仰首望着空中的一轮皓月，心中简直可以用美满去形容。我和黑嘎缓缓地行走着，我的内心涌动着想对黑嘎诉说点什么的冲动，可是我太激动了，什么话也说不出口。我把头靠近黑嘎的脸颊，倾听它平静而均匀的呼吸，对它说："喂，你知道我是谁吗？我叫玫瑰，是麦力爸爸给我取的名字，你的名字也是麦力爸爸取的……"说到这里我就打住了，我想起了麦力爸爸和爷爷，想起了黑珍珠，我心里很难过。

黑嘎用脸颊轻轻地蹭我的发梢，它的样子是那么的认真和温柔，一下子就使我心动了。我敢说，在那一瞬间，我与黑嘎的心灵是相通的，它一定能听懂我的话，它一定想起了麦力爸爸……一股热泪从我眼眶里涌出来，我将脸贴在它的脸颊上，任泪水流淌，泪珠掉进它黑亮的毛发里，闪闪地坠落下去。黑嘎默默地依傍着我，也许在那一瞬间，我们彼此理解了对方的孤独，也许正是这种孤独，才使我们一见如故。只有在一颗孤独的心抚摸另一颗孤独的心的时候，才有这般无言的默契。

久久之后，黑嘎冲我发出亲昵的"咴嘿嘿"的低唤。它扬了扬前蹄，我明白它是想让我上马。我高兴极了，抬起腿很吃力地蹬上马镫，翻身跃上马。我突然觉得像飞向云端一般地升腾，黑夜"呼"一声从我眼前退去，我仿佛驾驭着茫茫黑夜，天马行空般地腾飞……这其实是我跨上马之后瞬间的幻觉。实际上我坐在马背上之后，就惴惴不安起来。我不知所措地四处张望。黑嘎是一匹善解人意的马，它感受到了我的不安，开始轻轻地迈开步子，四平八稳地走起来。它走进一片开阔的平地，月光将地上的植物映照得清晰可辨。我由紧张害怕，慢慢变成一种前所未有的振奋，我简直想放声歌唱，我立刻明白了生活在马背上的民族为什么爱唱歌。一股力量使我双腿有力地一夹，黑嘎便快速地跑起来，而且越跑越快。我前倾着身体，拉紧缰绳，一下子冲进一个风声萧萧、天摇地晃的境界中去。我在穿越黑暗，那种感觉不是在腾飞而是在沉陷，朝一个永无止境的地方沉陷。这种永无止境的沉陷，令我感觉五脏六腑都错位了。渐渐地，这种永无止境的沉陷变成一种轻盈升起的气体……我慢慢变成了一团云，附着在黑色的山峰上，我依恋而陶醉，我渐渐消融在黑色的山峦里……

然而，令我自己也无法明白的是，我驾驭着黑嘎在戈壁滩上奔跑了一个长夜，竟然没被摔下来，有的人被摔

断了胳膊和折断了脖颈。我与黑嘎竟然配合得那般默契，那般物我两忘。至今回想起来，也如同梦幻一般潜伏在我心灵的深处，难以说清是真是幻。

天渐渐放亮了，黑嘎慢慢减速缓了下来，我看见远处的村庄和晨牧的羊群，细柔的炊烟在村庄的上空飘浮。

黑嘎在一片绿色的草滩里停下。它打着喷，喘着粗气，它太累了，浑身的汗水将毛发浸透。我从马背上下来时，四肢几乎失去了知觉。我顺势倒在草地上，觉得除了灵魂属于我，身体的各个部分都四分五裂了。黑嘎凑近我，用鼻子在我脸上喷气。我无力地望着黑嘎，本想伸手去抚摸它，但我连抬手的力气也没有了。“咴嘿嘿”，它叫了一声，扬了扬鬃毛，它那一排茂密而蓬松的鬃毛已经被汗水打湿，乱糟糟地塌陷下去，显得那么疲惫和浑噩。我无比歉疚地说：“汉巴见了你这副‘尊容’，一定会杀了我的。”我看着黑嘎轻轻翻动的黑亮的眼波，再也撑不住地闭上了眼睛。尽管我很快昏睡过去，但潜意识里仍然在马背上天摇地晃般地颠簸。

当我睁开眼睛时，太阳已经从天边升高了，光芒万丈地照耀着草滩。

黑嘎在不远的草滩上安详地吃着草。它好像恢复了体力，汗水也干了，蓬松的鬃毛在阳光下闪动着黑亮的光泽，被风轻轻地吹拂着，有着让人心醉的神秘。

我从地上爬起来，黑嘎抬头看我一眼，冲我发出一声“哞嘿嘿”的亲昵的低唤，我双腿像被灌满铅似的走到黑嘎跟前，抱住它的脖子，对它说：“这一切真的不是做梦吧？”黑嘎转过头看着我，它的目光幽深而执着。

我和黑嘎回到家时已是下午时分，汉巴正面如土色地蹲在他家马厩门口发呆。他那副呆相是可想而知的，如果有人用锥子在他的屁股上锥他三下,他也是毫无知觉的。当汉巴发现我和黑嘎出现时，他停滞的思维才在转瞬间恢复。他恢复后的第一个举动是，“嗷”的一声，扑向我们。他用惊愕的目光，从上至下地看了我一遍，然后就去检查黑嘎，那种仔细的样子好似在毛根里寻找虱子，最后走到我面前，冲我吼道：“你把它累成什么样子了！”

我对怒气冲天的汉巴内疚地笑笑。当时我除了笑，别无选择。

汉巴诡秘地眯缝着眼睛看着我，说：“我早看出你从第一天见到黑嘎，就不怀好意。它竟然没把你摔死！”汉巴突然打住，他奇怪地看了一眼黑嘎，黑嘎平静地望着主人，发出“哞嘿嘿”的叫声，似乎在说：“没事，没事，不是一切都好着的吗？”

汉巴的脸色好不容易才恢复了正常，他对我说：“我要把你偷窃的行为告诉你的老师，让学校好好惩罚你吧，你简直胆大包天！”

我说：“学校不管这些事，老师让我们要学会骑马，

明年还要举办骑马比赛呢！”

汉巴听了笑了，说：“你能驾驭黑嘎这样的马在戈壁滩上转迷魂圈似的跑了一整夜，鬼才知道发生了什么！”

我很想告诉汉巴，其实我爷爷很早就教会我骑马了，我骑马的技术得到过爷爷的夸奖，他说女孩子也要像男孩子一样勇敢，学会骑马就如同给自己插上了翅膀。

我想把爷爷的话告诉汉巴，但我看出来汉巴已经气急败坏了，说话也语无伦次。

汉巴说：“你知不知道，黑嘎已经让多少人筋断骨折，当初我从枪口下救下它的时候……”汉巴说到此戛然而止，压低嗓门说：“黑嘎当年差点被毙了，容易吗？”汉巴脸上闪过一丝极其复杂的神情。这给我留下了很深刻的印象。

这一年的夏天，我成了牧羊女。这群羊是牧场委托奶奶看护的，正好我放暑假，我就承担起帮助奶奶放羊的任务，奶奶把干粮和我的书及作业本放进包里，我就一边放羊一边读书学习，感到非常惬意。

我放的这群羊是一群瘦弱不堪的羊，是从强壮的羊群中败下阵来的，由我和奶奶来牧放它们。我赶着它们慢悠悠地在戈壁滩上行走。两只牧羊犬大概知道我成了它们的主人，当不可避免地要受到我的管制的时候，它们就对我百般地讨好，在我身前、身后乱转，使我心烦意乱。我没好气地踢了它们一脚，它们就愤怒地叫着跑开。正在低头吃草的羊，听到它们肆无忌惮的叫声，都抬起头来，仔细听，明白是怎么回事之后，又低头吃草。

我不喜欢身边的两只牧羊犬。它们都长着一双机警而阴鸷的眼睛，有狼一样的眼神和短促的尾巴，平时毫无来由地狂吠乱叫，当狼真的来侵袭羊群时，它们就夹在羊群中一起逃跑，忘记了自己的职责。这使我大为光火。况且它们是一公一母，有时团结恩爱得如同一只犬似的，有时厮杀掠夺，如同不共戴天的仇敌，不把对方咬得鲜血流淌不罢休。我实在无法理解它们的做法。它们一齐狂吠乱叫，一齐入眠，一齐跟我抢食物吃。母犬在不久的日子里，生下一堆小犬来，小犬们很可爱地叽叽咕咕地叫着，结果犬的队伍在扩大，而羊的队伍在缩小。不久就长大起来的小犬们，被送到别的牧场去了，而这一对恩爱的仇敌，仍然乐此不疲地狂吠乱叫，经常忘了将狼赶跑。

两只犬打完架之后，一转眼就不知跑到什么地方去了。阳光正照耀着戈壁滩。我发现汉巴骑着黑嘎在远处的林带里时隐时现，他显出一副奔忙无序的样子，从林带里出来往西去，却又突然策马掉头往北去了。汉巴像幽灵一样在戈壁滩上乱转。

我看着他们的影子，心想，汉巴在忙碌什么？是发生什么事了吗？

想到这些，我心里就生出悲伤来。我百倍地思念黑嘎，一下就觉得我离黑嘎太遥远了，中间隔着汉巴和他的女人。我只能远远地看着黑嘎奔跑时的样子。

自从那天夜里偷骑黑嘎之后，汉巴就格外地警惕着我。夜里，他把黑嘎藏在了一间堆柴火的小屋子里，曾有两次深夜我去看黑嘎，发现黑嘎竟然不在马厩里。我对着空洞黝黑的马厩，心里一派空茫。我想汉巴这家伙把黑嘎弄到哪里去了。他怎么能如此无情?

我心里被什么东西燃烧着，直到双臂都开始轻微地发抖。

我走到汉巴的院子前，朝里张望，以为黑嘎被他圈在院子里了。当我轻而易举地推开院子的柴门时，却发现里边的窗口有微弱的灯光在晃动。我不由自主地走近灯光，站在窗口下心里感到很别扭，我的影子竟然被窗口射出的那么一点光映照在院子里的地上。看着自己被映在地上变形的影子，我真感到无地自容。这深更半夜的，站在人家的窗口下，像鬼一样悄无声息地东张西望。

许多日子过后的一个深夜，我被黑嘎那种“咴嘿嘿”的声音惊醒，醒后我以为在梦中。戈壁滩悄无声息，一轮在后半夜才升入天空的月亮，以惊人的银白，照着无声的荒野。黑嘎的叫声像一股轻轻卷动的浪，从天边慢慢地席卷过来。我睁大双眼望着被月亮照亮的深夜，倾听着这种似有似无的声音。当我隐隐听见黑嘎的确在某一个角落里，发出痛苦呻吟一般的叫声时，我立即翻身下床，冲出屋去。站在月亮底下，我开始怀疑刚才那种声音在我的梦中，因为四周除了静默的月亮就是浩大无边的沉默。

当黑嘎的叫声又突然响起时，将我朦胧迷茫的情绪一下子刷新，使我真切地感受到那不是梦而是真实存在的，我浑身的血液顷刻间沸腾起来。

我快步地穿越一条幽长的林带，走过一条土路，土路的尽头是汉巴的住处。走到汉巴的住处时，发现窗口里有昏黄微弱的灯光映出来。灯光在窗台边轻描淡写地抹上一层淡淡的光晕。我猛然驻足，憋紧了呼吸，悄然走近窗口，我看见汉巴正支棱起耳朵在听动静，我知道自从我偷偷骑马之后，他总是像防贼似的防着我。这时我听见汉巴对他身边的女人说：“那个小姑娘很可恨，我怕她又偷……” 这时汉巴的女人说：“就让她骑马吧，她又不会让马跑丢了……”汉巴提高了嗓门说：“你知道什么啊，她一家人跟这匹马的关系，特别是她的父亲麦力，就是因为这匹马死的……我怕他们把马要走了……”女人似乎没有理解汉巴的意思，鼻子哼哼几声，走开了。

我浑然不知我是怎么离开这个在深夜里像鬼火一样的窗口，来到马厩前的。我呆呆地站在马厩前，也不知站了多久，是黑嘎的轻唤声使我清醒过来。一个庞大的黑影伫立在马厩里，虽然我看不清楚黑嘎此刻的神情，但它那双波光粼粼的眸子在黑暗处闪动的情景，令我震撼。我呆呆地看着它，半天才将失散的魂魄归拢过来，于是我模仿着黑嘎的叫声——“咩嘿嘿”叫了一声，黑嘎就走过来靠着我，我的头靠在黑嘎的脖颈上，我轻轻地哭了起来。

黑嘎摆动头颅，闪动着温和的眼波，用脸颊蹭我的头。黑嘎的毛发很温暖，像阳光一样贴在我的肌肤上。我依贴着它坚实而温顺的肩脊，尽情地淌泪，直到它不断地用“咩嘿嘿”的低唤招呼我，我才止住泪。我无比内疚地拍着它的脖子，对它说：“没什么，我只是心里很难受……”

黑嘎侧过头，像一个关系笃深的朋友那样，默默地看着我。我看了它一眼，不知如何是好地垂下了头。它又低唤了一声，我就冲它笑了。黑嘎顿时欢快地扬扬头，“咩嘿嘿”叫了起来，我赶紧去捂它的嘴，怕汉巴听见了。

我解下缰绳，把黑嘎从马厩里拉出来。我和黑嘎走在无声的戈壁中，一轮皓月高悬地照耀着我们。我们的影子在月光下缓缓移动，像久远的一个梦境。

黑嘎走着走着就开始低头看月光下自己的影子，庞大的黑影覆盖着好大一片土地，黑嘎在看自己的黑影的时候，样子十分奇特，目光显得那样扑朔迷离，好似在追寻什么……过了好久，它才侧过头来看我一眼，发出一声“咩嘿嘿”的叫声。

我拍拍它，轻声说：“黑嘎，你在想什么？”

黑嘎停下，用前蹄在地上轻轻划动。我明白它的意思，它在召唤我！让我上马。我很感动，伸手轻轻拂动它遮盖在眼睑的鬃毛，黑嘎的嘴部越过我的肩头，轻轻地用耳朵蹭我的头发。

我说：“黑嘎，每当与你在一起时，我的内心就充满了对老天爷的感激……真的，黑嘎，我感激老天爷。”

我抬腿踩上马镫，跃身上马，坐定之后，黑嘎便轻松地漫步起来，走在银色的月光里，像在云中散步似的。

在这样静谧的世界里，又有黑嘎这样的马与你同行，你会忘掉苦难和悲伤，感受到生命的真实。

在走过一排枣树林之后，黑嘎就放开步子快速地奔跑起来，我的心一下子被抛到了半空中。一种从未有过的悸动和振奋，使我四肢都战栗起来，不知是恐惧还是欣喜，我大声地叫道："黑嘎！黑嘎！"

呼啸着的风声，即刻将我的喊声掩盖。黑嘎奔跑的速度，很快使宁静的月光变成一条浩浩流动的银河。广袤的戈壁在这飞流的银河中变成一股强劲的漩涡，将这个世界的一切存在都旋进去了，将我的生命、我的感觉旋进去了。我被高高地抛向天空，抛向云端，然后又坠入谷底、急流，我的一切都不复存在……我恣意地扬起马鞭，前倾着身子，双腿用力夹紧黑嘎强健的腰际，我放声高喊："黑嘎，好样的！黑嘎，好样的！"

我在这种飞速的奔腾中，感受到了天降般美妙的和谐，深悟了和谐的真谛。人世间的万事万物，皆讲究和谐。和谐是衡正与永安。人与人，人与社会，人与万物，如果找不到和谐作为基础，世界就会陷入错位的混乱之中，人类就会每天活在自制的错误之中，一切都将倾斜或被覆没。和谐产生动力，产生美，产生永恒。我之所以能驾驭着像黑嘎这样能摔断许多人的胳膊的烈性马，在辽阔的原野中如此无所畏惧地奔跑，主要是因为我们的心灵寻找到了和谐，黑嘎奔腾时的速度和纵升的角度，与我身心投入时的衡正与韵致，以及我血液的流速和心脏的跳速，处在一种无与伦比的和谐之中。汉巴他永远不会明白，他只知道黑嘎是一匹难以驾驭的马，是一匹能把所有人从它背上抛下来摔死的马。当他发现我这么一个小丫头，却能驾驭黑嘎在荒野中整夜地狂奔，他除了惊愕，就觉得我充满了邪气。

当我们冲进一片开阔的草滩时，耳边的风声就变成了尖锐的鸣叫。黑嘎极有节奏的蹄声空灵而神秘，在这充满野性的荒原里奏出了无比美妙的音乐。这时候，我真切地感受到了生命，它似乎在我遥远而朦胧的意识中渐渐显形，突显出来，在一种极致中彻底体现出来。因为我常在孤寂无依中感受到生命这种东西，是那么的苍白无力，虚幻无形，轻飘而无常，心灵在与它相近时会感到无依无傍。我甚至怀疑——生命究竟是什么，它为什么竟然无法承载我孤独的灵魂和忧伤的心情？在此刻，我感受到了生命的真切，触摸到了生命最原始的强健和坚实。我感到一个强有力的臂膀在拥抱我、呼唤我，我枯萎干瘪的心扉在呼吸声中鼓荡起来，瞬间变得踏实、充实、热情。我真切地感触到生命的有声有色、有形有味，于万籁中的灿烂与辉煌。

渐渐地，我耳边的呼啸声在慢慢减弱，流动的银河在慢慢变缓。黑嘎此刻突然调转头，义无反顾地朝村庄的方向跑去。

我愣了一下，立刻就明白了黑嘎的意思。我伏下身子，头贴在它汗淋淋的背脊上，双手抚摸它的马鬃，对它说："黑嘎，好样的，再不回去的话，汉巴会杀掉我的！"

我把黑嘎拴进了马厩，为它刷干了皮毛上的汗水，将饲料倒满了马槽，在一旁看它吃，然后离开它。

走出马厩时，在月光底下我看见了一个女人，她一动不动地站在那里，使我大吃一惊。

女人幽幽地望着我，像一尊只会呼吸的影子。我想：这一定是汉巴的女人西梅吧。我回头望了一眼马厩里的黑嘎，我想，她一直在黑暗处窥视我吗？

我走近她，她仍然用幽幽的目光注视着我。我深吸一口气。在这寂静无声的月光底下，一个人悄无声息地望着你，是个什么滋味？我有立刻逃掉的念头。

西梅大概看出了我的窘迫，她的身子轻轻转动了一下，目光朝别处望了一眼，我迅速地看了她一眼，她显得很凄楚和迷茫。

我站在她面前，甩着酸痛的胳膊，说：“你是西梅阿姨？”

西梅望着我，若有所思地笑笑。她笑得很迷人。

我说：“你觉得黑嘎怎么样？”

西梅没有立刻回答我，而是侧目朝马厩方向看着，然后她垂下头，用细小的声音说：“黑嘎是人世间少有的马……”

我说：“就因为它救了你的命？”

西梅抬起头，目光直视着我，说：“是汉巴和黑嘎救了我。”我说：“你喜欢黑嘎吗？”西梅说：“我会和它永远在一起，照顾它，因为它是属于汉巴的……”西梅又笑了，笑得很妩媚。

不知为什么，西梅的话和她妩媚的笑，一齐刺痛了我的心。我原以为西梅只会像吹奏丝竹乐器那样哭泣。我无法忍受地转身走掉。

西梅在我身后说：“汉巴去找你了。”

我吓了一跳，赶紧加快步子，朝家的方向跑去。快到家时，我回头看见西梅仍然站在原处，一动未动地看着我。我被刺痛的心仍然在痛。我觉得，即使西梅什么也不说，我极其脆弱的心也会被她刺痛，因为我明白，她会和黑嘎永远在一起，而且她还是汉巴的老婆。

清早，奶奶早早就把早餐准备好了，我吃饭的时候，奶奶坐在一旁疼爱地望着我，说：“以后就不要去骑马了，汉巴很不高兴，他是怕我们把马要回来，所以处处防备我们……你要记住爷爷的话，不要去靠近黑嘎，因为我们保护不了它……”

我低下头，看着手里捏着的馒头，没有回答。

我把羊群赶到了偏西方向的草滩上放牧，然后就钻进一处茂密的骆驼草丛中躺下，我想好好地睡一觉，我浑身上下酸痛无比，每一块肌肉和骨头都冒出痛来。

两只牧羊犬在我躺定过后便疯一般地叫唤起来，接着就听见马蹄“嘚嘚嘚”的声音，我立刻就敏感地辨别出那是黑嘎的声音。我赶紧站立起来，远远地看见汉巴骑着黑嘎朝我奔来，到了我面前，汉巴满脸乌云，面部扭曲，眼里射出红色的凶光。

我知道汉巴为了黑嘎，一定是一夜都没睡好。

汉巴勒着缰绳在我身前、身后转了一圈。汉巴的样子极像电影里的土匪，我忍不住笑了。

汉巴这才冲我怒吼起来：“从今往后，你敢再靠近黑嘎一步，我会让你将来考不上大学！我会让你在戈壁上待到下一辈子。”

我怔怔地望着汉巴扭曲的面孔，心中积压已久的悲伤似乎一下被汉巴捣了一个洞，我深深地吸足了气，想放声大哭。但是一股尖硬的气流在我喉咙里横冲直撞，使我疼痛难忍，脱口而出的号啕就变成了一种滋滋溜溜的尖叫。

汉巴先愣了一下，傻望着我，然后掉转马头，跑了。

我倒在草丛里，哭了个昏天黑地，直到昏睡过去。后来，我是被一种奇怪的声音惊醒的。这种声音像刮风的声音，先是在我的梦中出现。我走进一片飘飘扬扬的杨柳林，抚摸着千丝万缕的柳枝，我竭力地从枝缝中去寻找那种奇怪的风声，结果风吹了我一头的潮露，带着甜丝丝的温润……

我蓦然醒来，瞪大了眼睛望着我头顶上黑色的头颅，是黑嘎！它站在我身旁，正仔细地看着我，它的呼吸冲击着我的面孔。我从地上跳起来，忘了发生的一切扑向它，抱住它的脖子。这时我发现了汉巴，他的身影在远处的枣树林闪了一下不见了。

我对黑嘎说：“汉巴是个混蛋！”

黑嘎仰了仰马鬃，“哞嘿嘿”叫了一声，含义不详地回应我，我就笑了，拍着它的头，说：“我知道你不愿意别人说汉巴的坏话。”我敲敲黑嘎的鼻梁，它把头歪到一边。

黑嘎没有回到汉巴那里去，它一直在我身边安静地吃草，因为这里的草地比较集中，也比较茂盛。羊群在不远的草地上吃着草，缓缓地在我周围转动。两只牧羊犬无所事事地在草地上疯跑，相互撕咬，急了又乱叫一气。

黑嘎吃饱了就站着休息。我坐在它的身边，跟它说了许多的话。也许这些话不能对人说，更不能对黑嘎说。但当我面对黑嘎那一双深藏着孤独和忧伤的眼睛时，我遏制不住地想告诉它我内心的话，因为我在它倾听时轻轻闪动的眸子里看到了智慧和善良、沟通和理解。

我轻轻抚摸着黑嘎柔顺发亮的皮毛，对它说：“在这个世界上最爱我的人就是我的爷爷奶奶和麦力爸爸……可是我的爷爷和麦力爸爸，还有黑珍珠，他们都离开了我们，麦力爸爸是在一天深夜里突然被人杀害了……到底是谁杀害了麦力爸爸？”

我用询问的目光望着黑嘎的眼睛，继续对它说：“你知道吗，我不是麦力爸爸的亲生女儿，我是被麦力爸爸捡来的，可是我的爸爸妈妈是谁呢？他们又在哪里呢？我有很多的谜解不开，你能够帮我吗？”

黑嘎静静地倾听我诉说，它在倾听时偶尔扬起马尾，蓬松的马毛像一棵雪松，很挺拔。黑亮的马尾在空中划出了一个弧，久久不落下。这是黑嘎很少出现过的举动，它只有在情绪极其强烈时才会出现。

我拍拍黑嘎的头，压低嗓音对它说：“你还记得麦力爸爸吧？你想他吗？”

黑嘎用头来蹭我的头，我看着黑嘎的眼睛，对它说：“你为什么忧伤？你在想什么？你心里装着很多的事？你为什么跟汉巴在一起？”

我望着它的眼睛，等待它的回答。它静默地望着远方，如墨一样的眸子在轻轻闪动。

我说：“你喜欢西梅吗？”

我的话音刚落，黑嘎猛然回头，有猝不及防的慌乱。两只牧羊犬在不远的地方狂吠起来，黑嘎也焦躁不安地打喷，我知道这是发生了异样的险情，动物们比人类预感险情的灵敏度要高得多。我朝远处望去，两只牧羊犬正奋力地驱赶一只偷袭羊群的狼，也许两只牧羊犬发现它们面对的是一只狼，才有如此奋力抗争的劲头。在以往面对群狼袭击时，它们早望风而逃了。

狼凶残的目光与牧羊犬对峙着，一场血战就要开始。我纵身上马，朝发生血战的方向奔去。这时狼已咬伤了一只牧羊犬的后腿，牧羊犬惨烈地叫着，朝我跑来。狼正准备向另一只牧羊犬扑去时，也许是发现了我，突然刹住，犹豫片刻，然后掉头朝戈壁深处逃去，稍许之后，就听见狼在远处无奈而愤懑地嗥叫。

天色似乎转瞬就黑下来了。受伤的牧羊犬在我身边哀嚎着，它的一条腿被撕裂，露出鲜红的肉，血顺着后腿流下来。情急之下我只好撕下自己的一只袖筒，给它包扎伤口。包扎好之后，它仍然疼得龇牙咧嘴地乱叫，叫声令我心慌意乱。我从口袋里摸出最后一块玉米饼，也是我当天的晚餐，塞进它的嘴里，狗才停止了叫声。

我把逃散的羊集中在一起，赶回羊圈，将受伤的牧羊犬交给了守夜的人，然后就把黑嘎送回汉巴那里去。

我远远地看见汉巴和西梅站在自家的院子里，正在说着话。他们看见我和黑嘎的时候，目光很古怪。我说不清楚那是什么，就掉头走开。

我听见西梅在说：“留下吃饭吧。”

我背对着他们，说：“不了，奶奶在等我呢！”

我朝家里走去时，心里难受极了。我仰首望着满天的星星，渐渐地我被一种弥漫在心底的凄凉和孤独覆没了。

这天夜里，我翻来覆去地睡不着，一直在想着黑嘎。

早晨，我提着水和干粮朝羊圈走去的时候，并没发现这一天有着与往日不同的异常。天空是那样的遥远，深邃无垠。我不知道这是一种凶兆来临前的假象。我对这样的好天气甚至有几分陶醉。

我刚把羊栅栏拉开，羊群就迫不及待地涌了出来。这时我就看见汉巴和西梅骑着马从他家的方向朝我走来。我瞧着他们奇怪的样子很纳闷，西梅坐在前面，汉巴坐在后面，汉巴像抱婴儿似的抱着西梅。马的速度很缓慢，使马背上的人做梦似的摇晃。

我心里产生一种奇怪的念头——他们这是干什么？

他们到了我跟前，我还在发呆。汉巴的目光越过西梅的头顶，看着我，说：“西梅病了，我们要去三十公里之外的县医院看病。”

西梅果真是脸色苍黄憔悴，由于耐不住痛苦，紧锁着眉头，使原本很好看的柳叶眉，扭成一团。她双手紧紧捂住肚子，嘴里不时发出吸气的“咝咝”声。西梅用充满痛苦的眼睛看着我，嘴巴张了张，好像要对我说什么，结果什么也没说，就又皱紧了眉头。

看来西梅的确病得不轻。汉巴焦虑地望了一眼天空，说：“弄不好今天会有大风暴，我是路过这里特意来告诉你这事的，别走太远了，看天色不对就返回。”

我并没在意今天的天气和汉巴焦虑的语气。我看了一眼深远碧蓝的天空，目送着他们远去。他们走出没多远，汉巴就催马快跑起来。汉巴躬着身，紧紧搂住西梅，马后扬起一大串的烟尘。

我不停地追赶着羊群，牧羊犬也因为不知所措而狂吠乱叫。我终于累得走不动了，坐在一个土墩上，大口大口地喘气。天空中的太阳发出耀眼的赤红，没有一丝儿的风，辽阔的戈壁在赤日炎炎下显得惊恇不安。

这时远处的古道闪现出骆驼的影子，从戈壁深处走出一支骆驼队。它们在阳光下无声无息地走着，缓慢而滞重。有两三个人穿插其中，像一个个缥缈的影子在荒野中浮动。他们和骆驼的影子又长又暗，沙丘和一簇簇骆驼草一直伸展到地平线，骆驼队迤逦而行，背映着天空，犹如一条活动着的黑色剪影。这片广袤的土地便是见证，人类实际上是多么的渺小，是多么的孤单，他们穿过了天山山脉和浩浩戈壁滩，穿过茫茫的荒野，穿过绿洲和盐滩，穿过千古沉寂的雅丹和无人知晓的湖泊……他们仍然是那么的渺小和孤单。

那一群骆驼，以其沉默的威严摄走了我的心。我呆呆地看着它们，从它们身上看到了沙漠的宁静与永恒，人世间的一切在这里都显得微不足道，只有一样是永存的——那就是沙漠，永恒的沙漠，它是伟大的沉默者。

骆驼队在我的视野中完全消失之后，我拿出水壶喝了一口水，发现正在安静地吃草的羊群，突然齐刷刷地抬起头，望着一个方向，做仔细聆听状，样子十分奇怪。

我站起来四处张望，没有发现什么异样。我估计已经到中午了，就拿出干粮与两只牧羊犬分食。牧羊犬在我身边有滋有味地啃着僵硬的玉米饼。我慢慢地嚼着，无聊至极地望着天边，回想着刚才看到的那群沉默行走的骆驼，心里无端地涌出悲伤来，我又将这些悲伤随着咀嚼的玉米饼吞进肚子里，直到无法往下咽了。

这时我就发现天边有一种海浪状的昏黄色的物体在轻轻涌动，似乎周围的一切都在旋转。整个沙漠在我眼前就像一个旋转的大圆盘，一个黄色的球正在朝我头上坠落。我闭上眼睛，想甩掉这种可怕的幻觉。

其实这不是我的幻觉，而是戈壁滩此刻已经陷入风暴来临的眩晕之中，只是我毫无经验或者说不明白而已。

接着我感到一股散发着腥味的风，从不同的方向向我吹来，轻重不匀地扑打在地上。许多枯枝杂物被风卷着抛向空中，快速地升腾。我仰望着空中飞舞的影子，耳边突然响起早晨汉巴对我说的话，包括他那种焦虑的神情，都清楚地浮现在我的脑海里。我的心猛然紧了一下，赶紧跳起来，首先叱喝牧羊犬，催促它们去追随风行走的羊群。也许牧羊犬也早已预感到危险的来临，它们奋力地追赶着羊群，朝我们来的方向返回。我们在返回的途中走了半个小时左右，天边那种如潮卷涌的黄浪已经升腾到了半空中，并伴随着“轰轰隆隆”的响声，从地表的四面八方朝我们碾压过来。这种轰鸣声十分诡秘和奇特，像深藏在远处的一个杀机，正预谋着随时朝人扑过来，让人处于极度的恐怖和绝望之中。

我大声地呼叫着牧羊犬，嘴一张开，风就立即朝我灌进一喉咙的沙土。就在这转眼之际，我已经看不见我的羊群和牧羊犬了。羊群的叫声和牧羊犬的惊叫声，先乱成一片，然后就消失了。

我先是被风推掀着朝着一个方向奔跑，然后我的双脚离开了地面，没着没落地在空中飘游。我睁大双眼，可什么也看不见，唯有风沙扑打的响声包围着我，快到窒息的地步。我被重重地摔到了地上，着地之后我就翻肠倒肚地吐起来。我边吐边双手抓住地上的植物，生怕再被刮上天空，这样我会摔死的。我突然在临近的死亡面前束手无策。

在转瞬之际，我发现混乱不堪的世界一下子静止下来。刚才那种轰鸣的声音，倏然而逝。我趴在地上，仰首望着突然肃静的天宇，天宇怔怔地沉默着，黄沉沉的沙幔如同定格在半空里，四周的杂草树丛像被施了魔术一般地纹丝不动地静止了。世界停止了，时间停止了。但是这种浩大的静止以其无边的恐怖震慑着我，无声地向我压过来。我从地上爬起来，仓皇地逃跑。我知道这种逃跑，在这种布满杀机的环境里无济于事，但我求生的本能在做着最后的垂死挣扎，那就是拼命地跑和呼叫。我疯狂地喊着："黑嘎，黑嘎！快救救我啊！"

就在我没命地逃跑时，猛然听到天空像被一双巨手"哗"的一声撕裂开了一个口子，一声震耳欲聋的爆响，如同千千万万台机器在同一时间轰鸣起来，于是风卷着沉重的黄尘，铺天盖地地压向我，我的呼救声被淹没了。

风暴的怒吼声似乎越来越大，我仿佛被一只巨手托起，轻而易举地被抛向天空。我的身体被风折磨和淹没着，然后又被沉重地摔倒在地。我挣扎着爬起，刚一立身，就被一股强劲的风沙击倒了。我的脸部和身体立刻碰到了一些杂乱而坚硬的植物。我什么也看不见，凭我的感觉，我倒在了一丛骆驼刺中，它们坚硬的利刺扎伤了我的脸、脖子和手，尖锐的疼痛使我绝望透顶。然而谁也不会想到，就是这些扎伤我身体的植物,成了最后支撑我生命的屏障。

成千上万吨的沙子在风暴中扭动着、翻滚着，“轰轰隆隆”地从我的身体上碾过，落在我身上的沙子的分量越来越重，越来越难以承受。这时一种从未有过的恐惧从我心中涌出来——我想，我要被埋葬了，我永远也出不去了。于是我拼命地挣扎起来，竭力地转动身子，可怎么也动弹不了，我就拼命地喊叫起来：“奶奶啊，奶奶！黑嘎！

黑嘎！”这是我在被埋葬之前，对这个世界呼叫过的名字。可是我的呼叫在这巨大的风暴中十分渺小，很快就被风沙盖住了。由于被压在沙子的下面，窒息使我感到头晕不已，浑身的血管统统从皮下鼓胀出来，似乎朝外大量释放着鲜血，我的眼前除了黑色，什么也看不见了。

就在这时，我感到身边有个东西在动，接着我的右手触到一个毛茸茸的东西，我吓了一跳。因为这毛茸茸的东西在动，所以我断定这一定是一个有生命的东西，它一定与我一样遭受着这场劫难。接着毛茸茸的东西朝我的头部移过来。我猛力地抬起头，当我睁开双眼时，它已经爬到我的眼前了。我看清了它是我的那只牧羊犬，是那只母的，因为它头上有一撮黑色的毛，每当它发现险情或者对公犬发怒时，那一撮黑毛就直立起来，很凶悍地在风中飘动。这样子给我留下了十分深刻的印象。此刻的它却十分憔悴可怜，脑袋脏兮兮的，嘴向前突出，十分恐怖地伸向我。它以为我能救它，望着我露出了闪亮的牙齿。我朝它伸出一只手，它立刻朝我爬过来，身体发着抖，紧紧地贴在我的身旁。它低声地哭叫，痛苦地呻吟着。我发现它怀孕了，鼓鼓的肚子，红肿涨大的乳头，这是怀孕犬的表现。它大口地喘息，使得其沉重的肚子痉挛一般地颤抖着，我心里立刻就难受起来，一股深深的懊悔从心里漫过——觉得平时对它一点都不好，常常蔑视它。因为它太肆无忌惮且总是惹是生非，狼来了，它在与公犬撕咬，狼叼走了羊，它混在羊群中疯跑，所以我讨厌它，很少关心和帮助它。我无奈地闭上眼睛，它也许感受到我的情绪，舔着我的脸，如果在平时我会极其厌恶地打跑它，而在此刻，我没有一点讨厌它的念头……那是生命啊，它与我一样，是一个活生生的生命，况且我们的生命随时都会被灾难夺去，也许就在瞬间，也许这是我们最后的相见。

我心中无限感慨，也无限凄凉，我紧紧地搂住它沉重的身体，让它靠紧我。我对它说："我们不能在这里等死啊，我们跑出去吧。"

它也许听懂了我的意思，立即动了动身体，颤颤巍巍地站立起来。它机警的目光，从骆驼刺的缝隙中往外望。这时可怕的呼啸声已经停止，沙子像电闪雷鸣之后降下的大雨，"哗哗啦啦"地洒落下来。我望着它，从它恐惧的神态中感受到了不祥，风暴也许会再次扑过来把我们埋葬。我吃力地扒开身后的沙土，从沙子里爬出来，跪在地上，抬头望了一眼浑黄的天空，沙子立刻扑进我的眼里。我赶紧低下头，眼睛被沙子刺痛，流出泪水。我抱着头，痛苦难忍地趴在地上。

少顷之后，我侧过头对身边的牧羊犬说："我们走吧，不能在这儿等死。"我站立起来，抱住它，它太沉了，我几乎抱不动，于是就把它放下。我们开始在漫无边际的沙漠中奔跑。大概跑了不到十分钟，一种"轰轰隆隆"的声音仿佛从天边或者从天空中响起并冲向我们，接着一股灼

热的风猛烈地从地上卷起，掀起如一栋楼房一般高大的沙墙，在戈壁滩上移动着。我们拼命地奔跑。回头望时我惨叫了一声，牧羊犬连一声也没叫出来，就同我一起倒下了。我们很快就被身后移动的沙墙淹没，接着我什么也不知道了。

我被沙土掩埋之后，在那一段冗长的黑暗中，我的感觉被一种声音唤醒。这种声音含混不清，像遥远的轻拍海岸的波涛，隐隐约约地翻卷奔涌，从天边悄然袭来，然后又悄然退去——我努力地想去捕捉这种声音，可它总是那般似是而非，不可名状也不可捉摸，它总在我浑茫的感觉末梢上时隐时现地跃动，令我熟稔而陌生——“哞嘿嘿……哞嘿嘿……”

当这种声音越来越近时，我模糊的知觉渐渐地清晰起来，我首先想到了黑嘎。是黑嘎在呼唤我！

我想放声大喊黑嘎，可是我动不了。尽管我内心有着风起云涌般的冲动，想流泪，想大声哭叫，但是我立刻被一种肝胆俱裂般的疼痛覆没，很快失去了知觉。

当时我是被埋在厚厚的沙土下面的。我的双手紧紧抱住一丛骆驼草，头钻进骆驼草的根丛里，沙土在我身上垒起了一个坟墓。黑嘎寻找到我的时候，用它的前蹄慢慢将沙子扒拉开，让我的身体从沙土中显露出来。

我第二次感觉到被唤醒，首先觉得自己的身体似乎从一个密不透气的水底浮到了水面，我呼吸到了清新的空气，我听到了风的“呜呜”声，一股潮湿的气流在我干裂的脸颊上吹拂。我睁开了眼睛，第一眼看到的是黑嘎忧伤而深邃的眼神。它与我面对面地对峙着——它的眼睛多么像一潭深不见底的湖水，闪动着动人的波光。这是我在人世间看到过的最美丽动人的光亮。

终于在黑嘎不停的“哞嘿嘿”的低唤声中，我失却的记忆渐渐恢复了。我抬起双臂，搂抱着黑嘎的头，我无声地哭了。我的眼里没有一滴泪水，只有流血一般的疼痛。

我挣扎着想站立起来，可我双腿麻木得好像不属于我自己。我只好双腿跪地，恍然地看着四周的情景，这时我发现在我被掩埋的沙堆旁，有一个微微隆起的沙包，我知道那里埋葬着那只怀孕的牧羊犬……我爬了过去，扒开了沙土，它的身体露出来了，但它已经死了。它张大着嘴，露出闪亮的牙齿，它的肚子仍然鼓胀着，红肿的乳头变成了黑紫色。我怔然地望着它，我想，如果它不死的话，也许在不久的日子，它就会生出好几只活蹦乱跳的小生命来。但是它死了。

我仍然把它埋在了原处，在往它身上盖土时，我真的不忍心将它的头部掩埋。我把它的头留在了外面，它的样子很像一个熟睡在一床厚棉被下的女人，安详而平静。

黑嘎用嘴拱了拱我的身子，然后屈腿趴在地上。我明白黑嘎的意思，我爬上马背，坐定之后，黑嘎站立起来。这时我看到天和地在暮色苍茫之中，吻合成一条线，从天与地之间投射出玫瑰红的霞光，像一条丝带在悠远的天边魂牵梦萦般地飘动。这种壮丽的景观刻进我的脑海，这是我获救之后看到的最美丽的景色。每当我回想起黑嘎，脑海中必然会出现天边那种令人心醉的美丽景观。

我伏在黑嘎温暖而坚实的背脊上，眼睛里溢满了泪水，泪水顺着它茂密的鬃毛往下滴落。黑嘎仰起头，一声长鸣之后，便迈开步子缓缓地有节奏地跑起来。

晚霞渐渐西沉，地平线之间那一道玫瑰红，正渐渐向后退缩着。天色灰蒙起来，我下意识地朝后看了一眼，恐惧紧追着我。

这时我已明显地感觉到黑嘎沉重的呼吸，由于干渴和饥饿，它的嘴角流出了许多的白色泡沫。为了寻找我，它在戈壁滩上奔跑了很久，几乎将体力耗尽。尽管这样，它仍然挺直了身子，抖动着颀长的脖颈，黑亮的马鬃在风中“哗啦啦”作响。

我茫然地环顾四周，不知道我和黑嘎此刻身在何处，黑嘎又将将我带向何方，哪里有绿洲和村庄。黑嘎能将我带出这死亡之地吗？我感到深深的忧虑。

我看着黑下来的天边，在这辽阔的天地之间，除了死亡一般的寂静，就是黑嘎的喘息声和它沉闷的脚步声，在空旷的原野中响着。

我俯下身子，听着急促的喘气声从它的胸腔里传出，我揪心地拍拍它的脖颈，我说：“黑嘎，我们一定要走出去啊！”

黑嘎大概明白了我的意思，它仰了仰头，放慢了步子，坚定地望着前方，长长地叫了一声，然后就放开步子快速跑起来。

夜色像幕布沉沉地压了下来。空寂而灰暗的沙漠，将一匹马和一个气息奄奄的人从沙漠的倒影中离析出来，突显在无声的世界里。黑嘎踩进沙土的脚步声，在半明半暗的天光下，显得那么滞重和神圣。

我最终也禁不住疲劳的折磨，昏昏沉沉地睡过去了。但是些微的意识使我不屈不挠地坚定一个信念——我在与黑嘎同行，它会将我带到该去的地方。

月亮大概是在后半夜的时候升起来的，沙漠一片银白。我恍然醒来，发现自己竟然在马背上睡了半夜。我听到了黑嘎粗重的呼吸声，而且它越走越慢了，它的头朝前努力地伸着，每迈出一步都感到沉重和艰难。渐渐地，它那粗重的喘息声变成咳嗽一样的“咯咯”声，我的心一下就被揪紧了。一股恐惧向我袭来，我怕黑嘎因过度劳累和饥饿而死去，我也怕同它一样倒在这悄无声息的沙漠之中，变成这寂寞长风中的两具白骨。我被这种惧怕一下子震慑了。

一股悲伤从心里漫出，想到这种结局，我绝望到了极点。我情不自禁地抱紧黑嘎的双肩，哭了起来。

黑嘎也许听到了我的哭声，它突然停止前进。我顺着惯性从马背上掉下来，身子一挨到地，就迅速散架似的瘫软了。月光照在我布满尘土和泪水的脸颊上。我半眯着眼睛觑着黑嘎，它默默地望着我，然后凑近，用嘴拱我的头。它潮湿而温暖的呼吸吹拂在我的脸上，我紧闭双眼，决心不再起来了。黑嘎见我无起来之意，就无奈地低唤一声，又用嘴来拱我。我决意不理它了，抬手推了推它。它就露出一排硕大而洁白的牙齿，咬住我肩上的衣服，仰起头往上提着，于是我的上身悬空起来，双脚在地上拖着。我生气了，对它大声吼了起来："放开我，黑嘎，让我永远躺在这里吧！"

黑嘎突然放开了我，抬头朝远处张望，随后垂下头，哀伤地望着我。它闪动的眸子里充满了焦急，我从它的神情中，感受到了我们四周潜伏着的巨大危险。

我伸出双手，抚摸着黑嘎的脸颊，内心生出一种相依为命的感喟，我说："黑嘎，你走吧，别管我了，我不行了。你离开这里，去找汉巴和奶奶，告诉他们我回不去了，你要活下去……我是多么地感激你啊，你是怎么找到我的？你在沙漠中奔跑了很久？你怎么知道把我从沙土里救出来？"

黑嘎不理会我的啰唆，它固执地拱我，要我站起来。

我的双臂瘫软地落在地上，我无奈地望着黑嘎。它高耸的身影在月光下显得那么魁伟，我想，如果我死了，黑嘎将是我生命结束时唯一陪伴我的朋友……如果我能活下去，回到人间，那么我今生今世怎么能忘却这一匹马呢？

黑嘎突然仰起头，猛然发出一声尖锐的嘶鸣，并扬蹄朝前快速跑几步，接着停下在原地打转，并且不断地高声嘶鸣。

我一下从地上跳起来，双脚一沾地就立即觉得浑身的骨头在嘎嘎碎响，疼得两眼冒金花，我差点失声尖叫起来。这时我才发现，我们被狼群包围了，远处大概有十几只狼，绿莹莹的狼目在月光下闪烁，黑色的狼影正向我们悄然围过来。

我顿时惊慌失措，大叫着扑向黑嘎。黑嘎朝我身子一偏，示意我上马。我于惊慌之中，几次脚蹬空，黑嘎急得直发狂。我终于爬上马背，狼群已朝我们逼近了。

我刚一坐定，黑嘎便狂奔起来。我的身子狠狠地朝前压下去，双手抓紧缰绳，风声在我耳际萧萧作响，黑嘎“呼呼”的喘息声，如同擂鼓一般在我面额拂过。

我猛然回头，一群狼正以一字形飞速而来。无数的绿色狼眼，在荒原中如流星一般飞旋起来。

当黑嘎奔跑过一片低洼地时，一半的狼提前截住了我们的去路，另一半的狼从后袭击过来。黑嘎见势猝然收足，扬起前蹄准备掉转方向，可是这时两只抢在前头的狼，已经闪电一般地扑向了黑嘎。黑嘎极其敏捷地扬起前蹄，朝扑过来的狼狠踢过去，只听见一声脆裂的响声，与狼的

一声惨叫同时响起，那只狼尖叫着在地上打滚，好像它的脑袋被黑嘎踢破了。另一只狼在黑嘎踢伤那一只狼的同时，从后方咬住了黑嘎的脚踝。黑嘎痛得跳起来，一甩后蹄，那只死咬住黑嘎的后腿不放的狼，立即被甩出去很远。但它并没有像第一只狼那样惨叫着败退，而是在落地之后一下蹿跳起来，以更疯狂之势再次扑向黑嘎。黑嘎猛一偏头，扑过来的狼，“呼”的一声从身边擦过。黑嘎很快甩掉了狼群，加快了速度朝前奔跑。黑嘎的逃跑，使群狼更疯狂了。它们呼呼啦啦地追上来，先是拉开一段距离，后来距离渐渐缩小，越来越近地看见它们的绿色眼睛像飞溅的火星在夜空中穿梭。不一会工夫，它们以 S 形环绕过来，像拧麻绳般包围我们，我和黑嘎顷刻间陷入凶残无比的狼群之中。

也许黑嘎已经预见了我们的危险处境，突然停止前进。停足之后，它浑身剧烈地抖动着，喘息声如雷。我被眼前的现实惊呆了，我知道这样突然停止对于一匹狂奔的马是十分危险的，马可能会因此而五脏俱裂，立刻吐血而死。我知道黑嘎这么做是出于无奈，是为了保护我，它怕我被围绕过来的狼撕下马来，成为狼群月夜下的美餐。其实黑嘎完全可以甩掉我，自己逃命——因为它是一匹马啊！

我突然感到死到临头，心里涌出强烈的悲绝。那一群拥有绿色眼睛的狼悄然逼近，我拍打着黑嘎的肩脊，大叫起来：“黑嘎，跑啊！跑啊！我们不能在这里等死！”

黑嘎呼呼地大喘粗气，在原地转着圈，同时发出悲愤的长鸣。就在这时，迎面飞蹿出三只狼，呼声大作地扑向黑嘎。就在这一瞬间，黑嘎突然前蹄腾空，一纵身飞越过去，前蹄将一只扑上来的狼甩出去好远，落蹄时，马蹄将那只狼的五脏六腑都踩踏出来了。转眼间，一股热风夹着一个庞大的黑影扑面而来，我的肩膀立刻被一种尖锐的力量猛力一击，左臂的衣袖被飞跃而来的狼爪撕去了，肩上的肌肉被抓伤，一股疼痛直钻进心里，接着是热乎乎的血从手臂上流下来。

不知为什么，黑嘎突然倾斜了一下身子，我差点因惯性被甩下马去，我拼命地夹紧双腿，抱住黑嘎的脖颈，才没掉下去。我不知道此刻发生了什么，我不敢回头去看，我真怕狼扑上来咬住我的眼睛，让我什么也看不见。其实

黑嘎这时受伤了，只是我不知道而已，它的后臀被狼撕去了一大块，白骨都露在了外面。

尽管这样，黑嘎还是坚持着带我逃出了狼群的追杀。

不知跑了多久，耳边的风声渐渐小了，黑嘎奔跑的速度也在渐渐减缓。我抬头朝前看，发现天边有了一丝亮光，渐渐地，我看见了树，看见了牛羊，有影影绰绰的村子在昏茫的天光中浮动……我甚至闻到了水的清甜和面饼的香气，我仿佛也听到了奶奶呼唤我的声音……

我突然感到天塌地陷般的下沉，我几乎与黑嘎同时坠倒在地。

据汉巴说，当时他与西梅正在医院里，风暴就已经开始了，并一直持续到第二天下午，当天他只好和西梅在医院的招待所住下。可是那天夜里黑嘎的表现极为反常，它焦灼不安地嘶鸣，受惊似的瞪着眼睛，前蹄不停地叩敲着地面，随时都想从马厩里冲出来。深夜的时候，招待所的人都被黑嘎吵醒了，汉巴和被吵醒的人纷纷来到后院的马厩。汉巴举着马灯，照着黑嘎，黑嘎有了少许的停顿，它那双黑森森的眸子望着汉巴，使汉巴大吃一惊。他觉得黑嘎眼中射出来一种让他无法接受甚至可怕的光芒，觉得自己和黑嘎相依为命了这么些年头，还是第一次在黑嘎身上感受到一种超乎马之外的东西。这种东西究竟是什么，汉巴说不清楚。他只在那一瞬间，感到他与黑嘎之间出现了一种无法逾越的陌生,这种陌生使他心里隐隐作痛。

汉巴围着黑嘎，百思不得其解。他抚摸它，安慰它，想让它安静下来。黑嘎却更加不安起来，低声的嘶鸣中带着无法压抑的悲愤。

汉巴无奈之下就去为它要来了足够的饲料，才发现先前的饲料黑嘎一口也没吃，汉巴心里就压抑不住地慌了。他知道，黑嘎是一匹神奇的马，它知道的事情，他是无法知道的。

风暴仍然在不减速地肆虐着。四处的断裂和爆炸声，使这样的夜晚，充满了恐怖。

汉巴在黑嘎身边待了一阵，就无可奈何地回到招待所睡觉去了。西梅正昏昏欲睡，半眯着眼睛望着汉巴提着马灯进来，嘴巴动了动，想说什么又没说出声来，病痛已经使西梅疲惫不堪。汉巴伏在西梅身边，问西梅：“还疼吗？好一点没有？”

西梅轻轻哼了一下，气若游丝，说：“黑嘎，怎么啦？”汉巴说：“也许被风暴吓着了！”

汉巴沉思片刻，说：“过去黑嘎可不这样，它什么都经历过……”

天亮时，牧畜管理员跑来敲门，汉巴被惊醒了。把门打开，见管理员一脸的惊慌，就问发生了什么事？管理员说：“你的那匹马不见了，什么时候跑掉的都不知道。”

汉巴冲到后院的马厩，站在黑嘎待过的地方脸色顿时就发青了。他解下木桩上挣断的半截缰绳，半天不知所措，这时他才预感到我出事了。

汉巴返回西梅身边，对西梅说：“大概是玫瑰出事了，黑嘎知道……”

西梅望着汉巴，思忖片刻，说：“黑嘎跟玫瑰很特别，那天夜里，玫瑰骑马回来，我见到过……”西梅脸上掠过一丝神秘的笑意，她把目光转向门外。

汉巴不解地望着西梅那张美丽的面孔，迟疑片刻说：“有些事我也觉得挺奇怪，黑嘎生性刚烈古怪，除了我谁也不敢接近它，可是玫瑰这个小姑娘竟然就能驾驭着它，在戈壁滩上整夜地跑，甚至没被黑嘎甩下马背来……我一直在琢磨这事，觉得挺奇怪。”

西梅将目光收回落在汉巴的脸上，轻声说：“黑嘎不是一般的马，只是我们不了解它，它与玫瑰之间的默契也许是冥冥之中注定的……”

汉巴睁大眼睛更加迷惑不解地望着西梅，他很反感地摇摇头。

西梅幽幽的目光闪了闪，说：“人和动物，有说不清的缘分，就像当初你和黑嘎遇到我，你们救了我，你说这是什么？”

汉巴茫然地望着西梅，说：“我得去寻找黑嘎和小姑娘。”汉巴回村之后，就组织人寻找我和黑嘎。两天之后风暴停了，他们寻找到零零落落的十几只羊和一只牧羊犬，是那只公的牧羊犬。

黑嘎自那天深夜从医院跑出来之后，谁也没有见到过它。汉巴在戈壁滩上寻找了三天三夜，没有发现我和黑嘎的任何踪影和消息。汉巴以为我们死了，以为我和黑嘎一起被沙漠埋葬了，他最后只得回村。

许多天过去之后，汉巴从别的村民那里知道了我们的下落。当他赶到时，我和黑嘎已经被一位维吾尔老牧民救起。老牧民是在清晨的草滩上发现我们的。他原先以为我们死了，我们躺在地上的样子的确像死去了。他蹲在黑嘎面前，翻开黑嘎的眼皮看了看，就大声吆喝他的老伴提来一桶兑水的牛奶。他拍了拍黑嘎的鼻子，叽叽咕咕地说着什么。黑嘎就睁开了眼睛，老半天黑嘎才撑起前腿，将头伸进桶里，很快就把一桶牛奶喝光了，接着就站了起来，然后又吃了老牧民给它的麦麸子。我是在黑嘎喝牛奶的时候醒来的。第一眼看见黑嘎的时候，我简直不敢相信眼前的这匹马就是黑嘎。阳光正无比鲜亮地照耀着我们，阳光下黑嘎的样子我无法用语言去形容。由于疲累和劳苦已大大超过了一匹马的承受极限，它已经形容憔悴，瘦骨嶙峋。它后臀被狼撕咬，那种惨状令我大吃一惊，伤口张裂开，皮肉翻涌出来，露出了白色的骨头，血已经将它两条腿浸透，变成紫黑色的血痂，干硬地黏在皮肉上。

黑嘎大概发现我也醒来了，它冲我打着喷，轻轻地

低唤，一股力量顿时灌注进我的全身，我站立起来。老牧民冲我慈祥地笑着，说：“怕是躺了一个整天了吧。”老牧民就把滚热的奶茶递给我，可就在那一瞬间，我想到了奶奶，奶奶对于我的突然失踪一定急坏了吧，她一定在四处寻找我……我顿时泪流满面。

老牧民见状，安慰我说：“孩子，你小小年纪，就能驾驭这么大的马，你真是了不起哦！不过，你的家里人该担心你啦，你不用难过，一切灾难都过去了……”老牧民说完四处望望。

我低下头，没有回答老牧民，泪水滴滴答答地流下来。

我慢慢地喝着奶茶，感到了饥饿，感受到了我还活着。阳光、草滩、村庄、黑嘎、老牧民，组成我存在的全部意义和全部内容，此刻正在阳光下，我感受到我真实的生命，否则，我会怀疑我已经死了。

我走近黑嘎，用脸颊轻轻地蹭它的毛发，那份亲切和温馨又回到心里。黑嘎靠着我，发出一声我已很久没听到的叫声——“咩嘿嘿！”听到这种叫声，我真想大哭一场，但是我咬紧牙关，忍住哭泣。

汉巴站在我们面前的时候，惊愕地张大了嘴，他的确没想到黑嘎和我还活着，然而活着的黑嘎的样貌又对他打击太大。久久之后，汉巴才放声大哭起来。他的哭意十分复杂，不知是为我的活着还是为黑嘎的复得。总之，他一手紧抱住黑嘎鬃毛混乱的头，一手紧搂住我。汉巴哭得

泪水横飞。我从未见过一个强大的男人如此哭过。

黑嘎的嘴部越过汉巴的肩头，用脸颊蹭着汉巴的泪水，发出“哞嘿嘿”亲昵的低唤。汉巴抚摸着黑嘎突然消瘦下去的肩胛骨，心疼地拍拍，不知该说些什么。

就在这一年进入秋天的日子，我随奶奶去别的牧场看望爷爷的朋友，在路过荒弃在戈壁中的一口枯井时，在井旁看到了三副白色的骆驼骨架。井旁有七棵酸枣树，树上的叶片已被秋风吹落，伸展着光秃秃的枯枝。

我站在井旁，抬头望着天空，一群秃鹫在上空盘旋，尖声叫着好像随时都可以猛扑下来。我想，当初它们一定是这么扑向尸骨未寒或者正在痛苦中挣扎的骆驼的。

我轻轻地打了个寒战。低头看着三副骆驼骨架，想起大风暴来临的第一天上午，戈壁深处行走的骆驼队……那一天，那一群迤逦而行、背映太阳的骆驼，给我留下了极其深刻的印象。看到这一堆白骨，自然就会想到他们。

他们最终没走出戈壁。

沙漠将永远保持沉默……

这一年的冬天，下了几场大雪。戈壁滩被厚雪严实地覆盖了，天和地似乎冰结在一起，使整个冬天都显得沉闷而漫长。

在第一场雪下过了之后，汉巴带着他心爱的西梅去乌鲁木齐治病去了，走之前他将黑嘎交给我管理。汉巴将马鞭和饲料棚的钥匙交给我的时候，脸上所呈现出的那种无奈和痛楚的表情，使我于心不忍。我不知道对他说什么好，只好说："放心吧，我会照顾好黑嘎的。"

汉巴气喘吁吁地说："并不是那个意思，我知道你能管好它，可是，可是……"汉巴瞪大眼睛望着我，然后又转首望着马厩里的黑嘎，放心不下地摇摇头。

我说："不放心就把它带走，和西梅在乌鲁木齐的大街上骑着它，那多气派。"

汉巴听了，就忍不住笑了，脸上的皱纹一条扣住一条，显得比往日苍老了许多。

汉巴带着西梅走了，我骑着黑嘎去县城的车站送他们。车开动时，汉巴望着黑嘎的那种眼神，既无奈又心不甘情不愿。

我想，汉巴是爱黑嘎的，他跟麦力爸爸一样爱黑嘎。

这一个冬天，我几乎每天与黑嘎待在一起。每天下午骑它在雪原中奔跑一阵，算是遛马。在天黑之前，让它进树林里啃吃一些枯树皮，我便倒在雪地里，大声地与黑嘎说话，有时也问它想不想汉巴。黑嘎这时往往都仰起头

"哞嘿嘿"地叫几声。

我沉默起来。黑嘎走近我，用嘴拱我。我顺势在地上打了一个滚，滚出去很远，躺着不动了，望着灰蒙蒙的天空，胡思乱想一阵，从地上站起来，朝黑嘎走去，对它说："西梅阿姨现在怎么样了？她病得很重……"黑嘎闪动的眸子望着我，没做任何回应。

冬天快结束的时候，汉巴和西梅回来了。先前我并不知道他们回来了，是这一天下午放学之后，我去马厩给黑嘎添饲料，路过汉巴家的院子时，发现他家院子前有一串串零乱的脚印。我站在院子外喊了一声，门立即就开了，汉巴走出来，迫不及待地冲我打着招呼，说："我已给黑嘎添过饲料了。黑嘎这个冬天比哪一个冬天都上膘，毛发都亮铮铮的！"

汉巴一脸的喜气，走近我时，脸上持续地挂着笑。我发现汉巴消瘦了许多，眼眶深凹下去，尽管脸上笑着也掩饰不住内心的焦虑和忧愁。

我正想说什么，西梅从门里走出来。她还是与以往一样，弱不禁风的，眼神忧郁，神色茫然地望着我。

西梅对我露出细而密的牙齿，仍然是那么妩媚地笑笑，她说："你和黑嘎好像都长胖了。"

我不置可否地转动着脑袋，看了一眼马厩的方向，说：

"该遛马了。"我便匆匆走掉了。我拉着黑嘎从马厩里出来，朝戈壁滩上走的时候，汉巴跟着走来，他告诉我西梅患的是绝症，医生说这病很难治好。

听了汉巴的话，我内心受到很大的震撼，说："怎么可能呢？西梅阿姨怎么能患绝症呢？她这么美丽……"

汉巴哀伤地摇摇头，伤心得什么话也说不出来。

我本想安慰汉巴几句，可是我心里像被什么堵住了，什么话也说不出来。

我无奈地望着汉巴，汉巴也显得烦躁不安。他大概是因为西梅的病，被折磨得面黄肌瘦。黑嘎无端的嘶鸣使他急躁而心乱，他大声地吆喝或者怒骂黑嘎。黑嘎愤怒地扬起头，急促地鸣叫。汉巴放好马鞍，跃身上马，头也不回地朝林带的方向跑去。

林带那边有三四匹陌生的马，被拴在树干上。旁边站着几个男人，见汉巴去了，就围着汉巴。他们好像都在缩着脖子，叽叽咕咕地议论着什么。汉巴的表情十分古怪，时而痛苦似的摇头，时而若有所思地点头，一副茫然若失的样子。

后来那些缩着脖子的男人骑马走了。汉巴骑着黑嘎，神情恍惚地从我面前路过。我望着汉巴耸动着的远去的背影，心里愤怒地想，他这是干什么去呢？怪里怪气的！

似乎后来发生的一切不幸都是从这一天开始的。傍晚时分，西梅来到我家的门口。她朝屋里望望，说："你奶奶呢？”我说：“奶奶去朋友家了。”西梅便沉吟片刻。我感到很奇怪，她平时很少到这里来的。她病恹恹地站在门口，满怀心事地望着我，我走近她，她幽怨地眨动着眼睛，对我说：“汉巴和黑嘎去巩乃斯牧场了，黑嘎是良种马……”西梅欲言又止，她没有目的地转头看着远处，自言自语地说：“汉巴带黑嘎去了……”

西梅转过头来凝视我。我不明白西梅对我说的这些话的意思，就心不在焉地对西梅说：“汉巴和黑嘎很快就会回来的，你不用担心。”

西梅听了我的话，脸上顿时闪现出极端的失望。她沉默片刻说：“很多人只懂养马而不懂马，黑嘎是一匹与众不同的马，它心性刚烈，悟性独特，这次去交配的对象又是它的亲姐姐和母亲，对于黑嘎这样的马来说，这么做是会出事的……我在牧场待了八年，我知道像黑嘎这样的马是不可多得的……可是汉巴不听我的，他和他们做了交易，为了给我治病，他们做了交易……汉巴不听我的……”西梅很悲伤。

我呆愣地望着西梅，不知道汉巴跟谁做了交易，我甚至不懂什么叫交易。我茫然地望着西梅。她由于病情的加重，脸上出现了不健康的潮红。她的目光悲凉，看我一眼又转向了别处。她很虚弱地摇摆了一下身子，好像要找准一个姿势站稳，怕倒下了。

我深深地吸了口气，突然觉得一种不祥笼罩着我们，脑子里不断地出现汉巴上午那种奇怪的样子。

西梅沉默片刻，说："明天一清早，你去一趟牧场，也许还能来得及阻止……"

夜深了。我无法入睡，西梅悲伤的神情占据了我大脑的大部分空间，我从她悲伤的话语里，已经感受到了黑嘎将要面临的不幸。想到黑嘎的不幸，我脑子里就出现黑嘎种种的画面来——黑嘎掉进了一个无底的深渊，它在冰凉的泥潭中绝望地挣扎、哀鸣。它的身旁站着一群缩着脖子的男人和汉巴，他们在交头接耳地议论着什么，预谋着一个不可告人的阴谋，直到黑嘎彻底地沉沦下去，这些人才悄然地离去。到处是一些鬼鬼祟祟的黑影，到处是死一样的沉默。我好像在歇斯底里地喊着黑嘎，似乎心肺都因为大声的呼喊而炸裂开了，可是回应我的仍然是一片沉默。

我从这种幻觉中挣扎出来，大汗淋漓地冲出屋子，站在清风浩浩的戈壁滩时，就彻底清醒过来。月光下的沙漠就像银色的海洋，波澜起伏。

不知为什么，我心里突然涌出一股强烈的悲伤，使我绝望地仰望着缄默的夜空。空中那轮亘古不变的月亮，远远地静默着。

天一放亮，我就起床了，告诉奶奶学校有活动，要早点上学，奶奶信以为真便赶紧为我准备早餐，我匆匆吃过早餐，就去附近的牧场借了一匹马。这匹马在去巩乃斯牧场的途中，把我从马背上甩下来，自个又跑回牧场去了。我的骨头虽然没被摔断，但我被摔得鼻青脸肿，嘴里喷出大口大口的血来。好在此时来了一辆去巩乃斯牧场送粮食的拖拉机，我截住爬上了车，一路颠簸，到牧场时已经中午了。

巩乃斯牧场是靠近天山南端的一片原始森林附近的一个大牧场。一到春天，许多马都被赶入这里，马的嘶鸣声和人的吆喝声此起彼伏。

在一片开阔的草场上，我立刻就从众多的马影中发现了黑嘎，它太与众不同了，它矫健的体魄和英武的雄姿，使它在众多的马中脱颖而出。它大概从远处看见了我，朝我的方向望着。但汉巴不知从什么地方窜了出来，莫名其妙地挥动双臂，勒紧了它的缰绳，朝相反的方向走去。这时一群穿黑衣的男人围住了汉巴和黑嘎，汉巴挥动着双臂大声说着什么。

我不知道这里发生了什么，或者正在发生什么，我茫然地朝汉巴和黑嘎走去的方向靠近。

汉巴和黑嘎在一排木栅栏跟前停下，他们的前方是一条狭窄的通道。一群人仍然紧紧地围住汉巴和黑嘎，在一阵混乱过后，只见汉巴跃身上马，然后身子贴近马背，冲出人群，飞速地朝山的远方奔去……

我望着黑嘎和汉巴消失的远方，心中充满了疑惑，汉巴不是来做交易的吗？为什么他会逃跑远离那些围攻他的

人群？难道汉巴改变了主意，决意放弃卖掉黑嘎的想法？这一切疑虑在我的脑海里像云雾一样笼罩。

后来我得知，黑嘎在越过了辽阔的草原，穿过了那座原始森林之后，奔向一座山崖的时候，汉巴这才意识到危险的来临，他大声呼唤着黑嘎，拉紧缰绳，可这已经来不及了，黑嘎用闪电般的速度，瞬间冲上悬崖，在山崖尽头猛然失足掉进万丈深渊……

目睹了这一幕的人，他们亲眼看见一只被惊吓的老鹰从崖壁上起飞，朝远处的天空飞去。他们认定那是黑嘎的魂魄，离开它受尽苦难的躯体飞向天空……

汉巴在同黑嘎往下掉的时候，身体被一棵树挂住了，人们把汉巴救了下来，黑嘎却掉进了深深的谷底。

汉巴只受了一些皮外伤，昏迷一阵后醒过来，他怔怔地望着天空，然后痛哭起来……

因为汉巴心中也有许多的谜解不开，他不明白黑嘎奔跑的一路上，为什么根本不听他的使唤，用什么办法也没能让它停下，黑嘎为什么要那么执意奔向那万劫不复的山峰……黑嘎它到底在想什么，难道就像西梅所说的那样——“你们不懂黑嘎，你们仅仅是养了它，根本不懂它……”

山顶上的风呜呜咽咽地吹着，天空深远而湛蓝，一丝一缕的白云在轻轻飘动。

我仰望着空中盘旋的风，呼唤着黑嘎……在那一瞬间我真的感受到了，黑嘎的灵魂已经飞向了天空……我的呼喊在空谷中悠悠回响，然后消失无痕。

我没有把黑嘎逝去的事情告诉奶奶，我怕她承受不了如此沉重的打击。奶奶失去的太多了，她失去了心爱的丈夫和儿子，还有黑珍珠……过去的日子，每当奶奶看见远处奔跑的黑嘎，奶奶就会痴迷地望着。她会喃喃道：“它把我们忘记了，忘记了……只要它活着就好……”奶奶会悲伤地流眼泪，我抱住奶奶，说：“奶奶，黑嘎不会忘记我们，它记得麦力爸爸和爷爷，它只是不会说话，人世间的一切秘密都被它藏进了心里……”

奶奶抚摸着我的头发，轻声说：“是啊，它为它的主人报仇了，它能够认出杀害你麦力爸爸的坏人，而且把他扔进……”奶奶把话打住，说：“孩子，有关黑嘎报仇的事不要告诉别人啊，知道了吗？”

我点点头，钻进奶奶怀里，伤心地抽泣起来。我想，如果奶奶知道了黑嘎是怎么死的，她该有多悲伤。

似乎在转瞬间就到了夏天。西梅的病越来越重了，她偶尔从屋里走出来晒太阳，手撑着门框，朝远处张望。她脸上那种不健康的潮红，像两坨化不开的油彩，永远挂在她的脸上。

她远远地看着我把羊从圈里放出来。牧羊犬气势汹汹地朝着一个方向狂吠，不知它们发现了什么，到了戈壁滩它们才平静下来，然后就钻进阴凉的草丛里睡觉去了。

我转过头，发现西梅仍然站在原地看着我，她那副样子使我很难受，心里涌出一股酸楚。我想起了黑嘎。

我转首时，却发现汉巴的影子在土路尽头的林带里闪现了一下，立即就不见了，显得那么诡秘和虚幻。自从黑嘎消失之后，他好像突然矮了一截，背似乎也驼了，远远地见了我就立刻躲掉。汉巴知道我因为黑嘎恨他。

因为我心中有太多的疑惑要质问他——为什么要去牧场？为什么要驱使黑嘎朝悬崖奔去？

我知道他不会告诉我，他一直躲着我，他怕看见我仇恨的目光。

在那些日子的夜里，黑嘎那种宛如音乐一般美妙的蹄声就会从天边响起，由小到大，由弱到强，在空中回响不绝，一声悲绝的长鸣就会在空中久久地迂回不散。

我往往就在这种惊心动魄的梦中醒来，回到现实中来，就再也不能入睡了，脑子里充满了黑嘎的影子。

我会不由自主地走出屋子，来到黑嘎曾经栖息过的马厩。我站在寂静的马厩前，心里空得发痛。

我清醒地知道那里边再也不会有黑嘎了。

我转身朝戈壁滩走去，月亮一丝不苟地悬照着戈壁滩，将万物都映照成银色。在这只有月亮而无星光的沙漠之夜，我听着戈壁深处胡狼的号叫，牧羊犬偶尔的狂吠声，骆驼咕咕的鼾声，猛然被什么惊醒的乌鸦聒噪着、飞着，在月空中瞎嚷一阵，而后落下，趋于平静。

这些都是沙漠之夜的声音。如果没有在沙漠中生活过，没有在这种绝对自由、夺人心魄、使人魂牵梦萦的广袤世界里生活过，那么是断然不会理解这些的。

走累了我就坐在一块于千万年之前漂泊在这里的陨石上，望着灰蒙蒙的天边，想着黑嘎。黑嘎隐忍着多少屈辱和悲怆，怀着多少眷恋和爱意，消失在它从未体味过的世界里。

我伏在自己的膝盖上，哭了起来。失去黑嘎之后我第一次撕心裂肺地哭了。在万籁俱寂的荒漠中，一个女孩子在哭泣。远处的狼嚎、近处的犬吠，都悄然无声了，唯有凄凉的哭声在轻轻流动。

就在这时，我蓦然听见了黑嘎"咔嘿嘿"的叫声近在咫尺地响起。我惊愕地抬起头，这种声音便倏然逝去，眼前仍旧是一片空无，唯有一股清风拂面而过，在不远的地上打着旋，卷带着细微的响声，远去。

我突然觉得黑嘎的灵魂就在我的周围，它在跟随着我，陪伴着我，它离去时悲绝的目光一刻不离地注视着我……

我被一种奇特的力量牵引着，缓缓地站立起来，朝前走去，眼前就出现一团黑色的雾，在轻轻地飘浮。我似乎在那团轻轻飘浮的黑雾中，感受到了黑嘎的呼吸，感受到了它健壮而美丽的长脖在我背上摩擦出的微微声响和温

暖的气息。我惊喜地叫道："黑嘎，是你吗？"

我伸出双臂朝前走去，我轻声地呼唤着黑嘎，我的呼唤在月光里轻若鹅毛般地飘飞起来。

这时我听到身后有一种奇怪的脚步声，我猛然回头，却发现汉巴形态模糊地站在月光中。他看着我，然后就朝我走来，站在我的对面说："夜里我老听见黑嘎回来的马蹄声，以为是真的。"

汉巴迷茫地望着我。

我沉默一会儿，然后伤心地背过头去。我说："是真的，黑嘎不会死的，它在天上看着我们……"

汉巴沉默久久，说："西梅的肚子肿得像石头一样硬，下床都很困难了，不知为什么肿成那样啊！"

汉巴很悲伤，停顿一会儿，说："西梅总念着要吃羊肉，说哪怕喝一口汤，死了也心甘情愿……可是，你是知道的，我从哪里去搞来羊肉给她吃呢？"

我侧目看了汉巴一眼，说："难道不知道偷宰一只羊是要被抓起来吗？"

汉巴听了我的话，不安地说："我只是对你说说而已，西梅的请求让我揪心，我知道她在这个世界不会活多久了，她只有一个愿望——想吃……"

汉巴把扭曲的面孔转向一边。我头也不回地走掉，我猜想汉巴站在原地发呆，或者格外窘迫。我对着寂静的夜空长长地吐了一口气。

当天深夜，我悄然潜进了羊圈，牧羊犬很快认出了我，从羊群中冲出来，打着喷，摇晃着尾巴迎接我。我打开栅栏门，走进熟睡的羊群中，站立片刻，当我的手在伸向它们的时候，我犹豫了，双腿发软地蹲在地上。我想着西梅……西梅在离开这个世界之前，瞪着一双悲怆的眼睛，逼视着汉巴——“给我一点羊肉吃吧！”这是她在她活过的这个世界，最后的一个愿望。

我想，活着的人，还能对她说什么呢？

久久之后，我站立起来，闭上眼睛随意地抓住一只羊头，羊受惊地“咩”叫一声，然后恢复平静地靠近我。

这些与我朝夕相处的羊，对我很熟悉了，它们用头蹭我的双膝，一股暖烘烘的臭味围绕着我，一股酸楚从我心底里涌出来。

我拍着它的头往外走，出了栅栏，它同样顺从地跟着我走。它不知道我会带它去什么地方，就像黑嘎不知道汉巴那种诱惑的声音会把它牵引到什么地方一样。

到了汉巴家的院子木门前的时候，羊也许感到了某种陌生和意外，它想离我而去，我弯下腰搂住它，对它说：“为了西梅……真的，我不知道该怎么对你说，我也许是无法对你说清楚的，就像世人无法对黑嘎说清楚那是为什么一样。”

我抚摸着羊毛茸茸的背部，我说：“想想……黑嘎它离开了我们，汉巴那么深地爱恋着西梅，西梅也要离去……”

我的泪水顺着脸颊流进柔软的羊毛里，羊也许感知到了我的悲伤，它仰起头，舔我脸上的泪水。

那些日子，我格外脆弱。那也许是我成长过程中最茫然失措的时光。

我推开木门，把羊引进院子，然后反手将门关好，和羊站在院子里，我正想留下羊，人离去的时候，却听到了屋子里汉巴沉闷的说话声。我犹豫片刻就上前去推了推门，门竟然闪闪悠悠地开了一条缝……

灯光下，汉巴的影子显得虚幻而缥缈。他在屋子里来回走动，嘴里在说着什么，然后走到西梅的床前，蹲在西梅跟前，像孩子一样将头依偎在西梅的怀里。西梅苍白而细长的手指，钻进汉巴凌乱不堪的发根里，轻轻地梳理着，汉巴那种压抑的呜咽声就从西梅的怀里传出来，汉巴的抽泣令人窒息。

西梅轻轻晃动的手指片刻静止在汉巴乌黑的发鬓里，然后又缓缓地梳起来，像在梳理一个梦，那么缠绵而悠悠不绝。

这时，羊走近我，舔着我冰凉的手指，我的身子受惊地抖动了一下，我匆匆地走出院子，把羊关在了院子里。我想汉巴第二天准能看见的。

第二天傍晚时分，汉巴到我家里来找我，说西梅让我过去。

汉巴的嗓音嘶哑无力，脸也好像浮肿着。我犹豫片刻就去了。

西梅仍然躺在床上，背枕着高高的被褥，眼里充满了温情和满足。西梅就用这样的目光默默地看着我。我走近她时，她的嘴角微微地抽了抽，算是对我打了招呼。

西梅说："羊肉真香啊。"她的声音不像在病中，而是充满了磁性和妩媚。我明白，拥有这样一种声音的女人是很美的。

我不敢去正视西梅那肿得很高的肚子，因为汉巴说它像石头一样硬。我把头转向一边。

桌子上放着一大碗羊肉汤，正幽幽地冒着热气，好像专门为我准备的。

汉巴坐在一个光线暗淡的角落里，对我说："吃吧……我不敢给你奶奶送去，怕她追问……所以就……"汉巴很吃力地说着，将目光望向别处。

西梅说："你坐下，坐下，你吃……"

我在桌前坐下，望着碗里的东西，心里被什么东西堵得慌。我抬头看看西梅，西梅一直在专注地看我，她冲我笑笑。

不知为什么，这时黑嘎的形象突然切入我的脑海，我觉得西梅对黑嘎的了解远远超过我和汉巴，尽管她很少接近黑嘎。她听说黑嘎跳崖自尽之后，并没感到惊讶，只是沉默了许久，然后淡淡地说：“黑嘎这么做，一点也不奇怪。”西梅说这话的时候，人显得很憔悴，也很宁静。她无力地垂着头，两行清亮的泪水从她鼻梁的两侧流了下来。

我呆呆地望着西梅，心灵在瞬间被她震慑了。我第一次看见西梅流泪，一个在为一匹马的逝去而哭泣的女人，一个在宁静中垂泪的女人，是那么的神圣和令人不可抗拒。

桌上的羊肉汤大概凉了，我最终也没吃，真的吃不下去。我呆呆地坐着，想着昨天晚上的那只羊，它那般信任顺从地跟我走进汉巴的院子，它在舔我脸上的泪水时留给我的感觉，它背上绒毛触到我手上时的温暖，一齐涌入我恍然如梦的回忆中。才仅仅一夜之隔啊……我下意识地看了一眼碗里僵硬的羊骨头。我想，西梅很美丽，她的笑容很妩媚，但是她会在一夜之间消失的，她的气息，她的声音，她的一切都将从这个世界上消失，就像那只羊，尽管它是那么的善解人意，它的气息和温暖此刻还留在我的感受之中，但它已经消失了……想到这些，我禁不住地打了一个寒颤。

我从汉巴家出来时，天已经全黑了。月亮还未出来，四周显出浓烈的死寂。我一时不知道自己该到哪里去，脚下觉得乏力而空泛，时间犹如一个无底的深渊，使我在茫茫无序中无力挣扎。

我在夜色中没有目的地走了一阵，然后就不由自主地走到了黑嘎曾待过的马厩前。马厩里黝黑而空洞，几只老鼠在残留的饲料中做窝，吱吱喳喳的叫声显得热烈而亢奋。大概黑嘎在的时候，它们根本不敢到这里来并肆无忌惮地大呼小叫。

我在马厩前发了一会儿呆，正想要抽身走开时，却发现汉巴蹲在马厩西边的角落里抽烟，烟头忽明忽灭，使汉巴的面孔模糊不清。

我转身走开，就听见汉巴在我身后说：“孩子，有许多事情，大概你还不是十分明白。”

不知为什么，听了汉巴那种语焉不详的话，我那被一直压在心底的愤怒一下子蹿到了嗓子眼，堵得我满眼冒金花。我转过身去。汉巴已从地上站立起来，垂直着双臂，看着我。

我说：“我不明白什么？”

汉巴垂下头，喃喃道：“黑嘎的事，大概你不明白。”

我真的没想到汉巴会对我说这些，我以为他会对黑嘎的事沉默到永远。我直视着汉巴，冷笑了一下，说：“黑嘎的一切不幸，都是因为你把它仅仅看成是一匹马，所以你们才如此丧尽天良地为了几个钱，去做什么交易，造成了后来黑嘎的惨死……”

我大声地怒吼着，声音在寂静的夜里像金属敲击那般尖锐。

汉巴用惊愕的目光看着我，结结巴巴地说：“后来，我改变主意了……哪知黑嘎那么通人性……我们谁也不知

道黑嘎在想什么……”

这时月亮出来了，戈壁一片银白。

我转身走掉，感到体内的血液全部燃烧起来。

秋天到来的时候，西梅在一天早晨去世了。这个在人世上活了二十七年的女人，在这一天早晨走完了人生的全部过程。

西梅是死在汉巴的怀里的。汉巴脸上没有丝毫的表情。他脸色青灰，目光黯淡地望着门外，似乎一切都在那里停止了，仿佛他在这个世界上所经历的一切都从他脸上尽数地退去了，剩下的只是无止境的平静。

刚开始人们并不知道西梅去世了。有人去找汉巴，推开门走进屋才发现汉巴怀里的女人早已死去，人们这才将西梅从汉巴怀里抬出来，放到院子里的木板上。

汉巴依然木讷地坐在那里，僵硬的目光望着门外，谁也不知道他在想什么，也不知道他内心的悲伤有多深。

唢呐吹响了，西梅被抬进了荒漠中的坟场里，变成了一堆土，风在土堆上呜呜咽咽地吹奏。

汉巴坐在坟头的另一端，他没有掉一滴泪，似乎这个给了他无限情爱的女人，将他的一切都带走了。

在西梅去世后不久的一段时间里，我突然发现汉巴又重新骑上了一匹枣红色的马，奔跑时在戈壁滩上荡起浓浓的尘烟。

我望着汉巴在马背上耸动的背影，先有些惊愕，我以为他在痛失黑嘎之后不再骑马了，没想到他很快又骑上了一匹马。不知为什么，一股莫名其妙的情绪从心底里像火焰一样喷发出来，坚硬地横亘在我的胸口里，使我浑身都在颤抖。我知道这种情绪是仇恨，一种莫名而无须解释的仇恨，它从我的骨子里渗出来，像毒素一样布满我的全身。

我冲进马房，拉出一匹褐色的马，顺手从墙上取下套马绳，挂在我的肩上。我跟爷爷学会了套马技术，任何一匹狂傲不羁的野马，都会屈服于我神秘飞旋的圈套之下。

我带着它向汉巴追去。他骑马的身影在红柳丛里时隐时现，很诡秘地闪烁着。当他走进一片开阔的平地时，我很快追上了他。没想到他竟然掉头看我一眼，便加快速度奔跑起来。我内心的愤怒一下子被挑到了极点，我取下肩上的套马绳，一头攥在手心里，奋力地向空中抛去，套马绳顿时宛如长蛇一般窜向汉巴，没等汉巴回过神来，就听见他惨叫一声落下马来。套马绳不偏不倚地套住了他的脖子，他掉在地上的样子十分狼狈。他艰难地从地上爬起来，怒不可遏地看着我。他的脖子梗得很硬，满脸通红。他想对我怒吼，想像以往一样肆无忌惮地对我怒吼，可是当他看了我一眼之后，就哑了。

我的眼睛眯成一条缝，充满胜利者的骄傲，直视着他。

汉巴先愣怔地看着我，在惊愕之后，便狡黠地眯起眼睛，从眼睛缝里看我，但是我还是感到了他的心虚和不知所措。

我从马上跳下来，背靠着马，注视他片刻之后，我仰起脖子，鼻子对着天，我说：“你为什么这样看我？觉得奇怪吗？”我斜视着他，我想激怒他，我抚摸着手中的套马绳。我故意让汉巴注意到我手中的套马绳，它像一条盘在我手中的毒蛇，嘶嘶地吐着芯子，随时可能飞向对方。

汉巴很清楚他目前的处境，但是他无法一下子明白我为什么会这样对他，他的目光中充满了迷惑和不安。

稍许之后，汉巴故作镇静地拍了拍身上的土，趁机走近我。

然后他站在离我很近的地方看着我，他的心情很复杂，他的眼睛慢慢缩小，变成一条缝，从缝里射出两道闪烁不定的光来。

汉巴说：“我真的没想到你抡套的技术竟然如此娴熟，你什么时候练会的？是你爷爷教你的吧？”

汉巴欲言又止，脸上出现不可遏止的嫉妒神情。因为他从来套不住一匹野马，每次爷爷套住了野马，汉巴都急得嗷嗷叫。

我看了汉巴的样子，心里生出从未有过的得意，我抽动着鼻翼，发出轻声的冷笑。无论是汉巴的嫉妒，还是他的惊奇，全在我的意料之中。因为套马绳在飞向他的那一刻，他肯定看到了空中翻卷如闪电般的绳索，是那样准确无误地将他套住并把他从马背上拖下来，如果不是经过千百次的抡套训练，是绝对不会有这样风驰电掣般的景象的。因为汉巴一直都想成为草原上的套马能手，那份光荣是他梦寐以求的。每年春天，当成千上万的野马出现在草原上的时候，这便是汉巴最想大显身手的时候。成群的野马像洪水一样从戈壁深处冲出来，卷走草原上牧民圈养的马。牧民便山呼海啸般地叫喊着，骑马追赶着野马。汉巴和其他牧民将套住的野马拴起来，直到它们在他们的皮鞭下变成一匹匹被驯服的马。往往就在牧民自以为驯服住了这些野马的时候，在一夜之间，这些被驯服的野马又会偷偷带走牧民成批的良马，牧民对着马群消失的方向捶胸顿足地发誓，要杀了这些野马。因此，每年春天的草原上就充满了厮杀掠夺的叫声。

我想汉巴不会想到，就在他带着他心爱的西梅去治病的那段日子里，整个冬天，我与黑嘎是在离村子不远的那片沙枣林里度过的。我骑在马背上，训练抡套绳，将那一片被冰雪覆盖的沙枣树当成浩浩荡荡、奔腾不息的野马群，直到把那片沙枣树劈成光秃秃的树干。不明真相的人路过这里，看了这光秃秃的树干，就发了蒙，不知道这里究竟发生了什么。

汉巴睁大了眼睛，盯着我手腕上的套马绳，像一个老猎人盯着一只不知为何物的野兽，嘴唇也慢慢张开，呈痴呆状。

我傲岸地直视着汉巴，我甚至听到粗重的叹息在自己胸中回响，我深深地呼吸了一口气，强压着内心的激动。

汉巴抖动了一下身子，走得离我更近。他迷茫地看着我，喃喃道："你长大了……因为黑嘎的逝去，你仇恨我……其实我并不想害死黑嘎……"

汉巴的思绪很混乱，他语无伦次。

我靠在马背旁，看着汉巴，说："是的，我恨你。"

接着我几乎尖叫着对他怒吼道："我恨你！我的爸爸麦力宁死都要保护黑嘎……你却这样让黑嘎死去……"

阳光照耀着戈壁，四处静得像万事万物都消失了一般，我长长地嘘了一口气，便从口袋里掏出了一把套马绳，在手里把玩着。套马绳冰凉而柔软，在阳光的照射下发出生冷的光。

我痛苦难耐，抬头四处张望。一种刻骨的孤独从心底里浮起……

我甩动着手中的套马绳，套马绳在旋转中呜呜作响。

汉巴莫名其妙地望着我，脸上呈现出梦幻的神情。他眯起了眼睛，很快陷入困惑——他不明白我要干什么。

汉巴犹豫了一下，说："我知道没有了黑嘎你心里难受……"

我用仇恨的目光盯着汉巴的脸，想起那一群围绕着黑嘎想夺走黑嘎的人，一股仇恨从我心里生出。

于是我阴狠地对汉巴说：“黑嘎就这么被你们害死了……你和他们也应该去死！”

我说着，抡起马鞭狠狠地抽向他，他疼得哇哇叫。

我停下抽打的马鞭对他吼道：“我的麦力爸爸为了保护黑嘎失去了生命，黑嘎是我麦力爸爸精心培育的良种马，你们却害死它……”我的怒吼变成了尖厉的叫喊。

这时汉巴像受了枪击，抽搐了一下，然后仰起头，做静止状，好像在倾听什么，又好像在黑暗中看到了什么。总之，他的样子很悲惨，片刻之后，他大叫一声，整个身子像面条一样坍塌下去。

我惊愕地注视着溃败不堪的男人，他双膝跪地，面孔深埋进沙土里，他裸露的后背在强烈的阳光下闪烁着悲绝的光芒。

阳光将我的身影悄然地映在地上，我的血液在阳光中凝固，风吹拂着我的头发，发丝飘动的影子是眼前唯一的动静。此时此刻，我的仇恨在这个崩溃的男人面前悄然消失……我知道我不管怎么仇恨汉巴，我们的黑嘎也回不来了，它掉进悬崖的那一瞬间，已经彻底地告诉我们它永远不会回来了……于是，我的复仇情绪像海边浮泛的泡沫在飘散游离……

恍惚间，我听见黑嘎一声长啸，从天际滑过，坠落在

沙漠深处。我紧闭双眼，身子战栗起来。我不敢抬头望天，欲哭无泪。

这时，汉巴像一具复生的幽灵，轻轻地蠕动身子，抬起前身，形容浑噩而脆弱，嘴角呈现着让人无法理解的痛苦。

他静默地站立起来。沉默片刻之后，他转身朝那匹枣红马走去，摇摇晃晃的身子像随时可以倒下，他的后背在阳光里显得沉重而愧疚，迷茫而悲伤。他跨上马，静立片刻，突然双腿猛力一夹，马顿时大惊，像箭一样冲向戈壁。

我望着远处飘浮的影子，眼前一片虚幻，一种刻骨的孤独从心里生出来，我无法控制自己，跪倒在地，我的脸紧贴沙土，轻轻地唤道："黑嘎！黑嘎……"随后我抑制不住大声哭喊起来："爷爷，爸爸，黑珍珠，黑嘎，你们都在哪里啊……"

我的声音在沙漠中久久回荡。